Elisabetta Leslie Leonelli

Más allá de los labios

Guía al misterio femenino

Documento Vivo
Editorial Noguer, S.A.

Título original
Al di là delle labra

Paseo de Gracia, 96, Barcelona

ISBN: 84-279-3882-9

Cuarta edición: octubre 1990

Traducción de Gloria Rossi
Printed in Spain - Impreso en España
Gráficas Ródano, S.A., Viladecans
Depósito legal: B- 7180 -1990

A las mujeres, jóvenes y ya no tan jóvenes, que rechazan, relegándola entre las cosas «feas y sucias» o inferiores, la parte más íntima de su cuerpo, destinada a la vida y a la felicidad.

A los hombres, jóvenes y ya no tan jóvenes, cuya posibilidad de encuentro y de amor con la mujer se le halla negada, imposibilitada o envenenada por el miedo, el desprecio o la falta de conocimiento.

Introducción

En noviembre de 1973, dos feministas del «Women's Health Center», de Los Angeles, vinieron a Europa para dar un ciclo de conferencias y demostraciones sobre el *self-help*. *Self-help* significa auto-ayuda. En Italia —y otros países— ha sido erróneamente interpretado como el aborto prescindiendo de la colaboración del médico. En realidad, el *self-help* es una práctica para reconocer infecciones y enfermedades, especialmente en el aparato genital femenino, para que puedan ser tratadas por la propia paciente o, quizá, para atenuar la sensación de tímido respeto que se siente frente al ginecólogo y que experimenta todo aquel que ha de confiar ciegamente en otra persona, víctima de su propia ignorancia. El *self-help*, por lo tanto, ha nacido como consecuencia de una práctica feminista referente al conocimiento del propio organismo.

Las pioneras llegaron hasta Roma. En el teatro de la Madalena demostraron, ante un público exclusivamente femenino, la forma en que personalmente puede explorarse la vagina, con medios francamente económicos. Basta un espéculo de plástico, una linterna y un espejo. Tendida sobre una mesa, con las piernas dobladas, una de las dos feministas americanas, invitó a todas las mujeres presentes a desfilar, por turno, ante su «arcano» iluminado.

Me impresionó una exclamación: «¡Fíjate! ¡Qué linda es la vagina, tan rosada! ¡Y yo que creía que era fea, sucia y negra!».

Conocía a la mujer que había roto el silencio y la turbación, expresando en voz alta lo que otras muchas estaban pensando. Era una intelectual que, desde hacía ocho años, se hallaba sometida a análisis freudianos. Había expresado lo que pensaba de su vagina. Y acababa de descubrirlo tras tantos años de psicoanálisis. Si una mujer se imagina que es tan «fea y sucia», deduje, significa que tiene una imagen negativa de sí misma: «Yo no valgo nada, porque mi vagina es fea y sucia».

En el interés que tuve, por aquellas fechas, de extender la práctica del *self-help* en Italia, participaba una gran curiosidad, el efecto sorpresa que provocaba en las mujeres la contemplación de su vagina.

En una reunión médica, en la que participaban hombres y mujeres, pregunté cuál era su opinión sobre la vagina. Un muchacho, culto y honesto, admitió que —al estilo freudiano— la había imaginado «dentada»; una mujer me acusó de alta traición al feminismo, otra de provocación y cierto doctor me acusó de pretender resolver los problemas psicológicos hablando de la vagina.

Daba la impresión de que todos intentaban defenderse de un peligro. Incluso colegas, expertos en sexología, cuando supieron que estaba escribiendo un libro sobre la vagina, reaccionaron entre la turbación y el sarcasmo, mezclado con desconcierto. Me hacía el efecto de que yo iba por el mundo empuñando en mis manos unas inmensas tijeras.

Incluso algunos insinuaron que lo que yo estaba intentando era resolver un problema personal.

Nadie fue capaz de responder a la pregunta: ¿Qué papel representa en el género sexual femenino la presencia en su cuerpo de un órgano genital cóncavo y oculto?

Intenté hallar la respuesta en la psicología, en el psicoanálisis, en la antropología y en la medicina.

Las teorías sobre la vagina en la psicología son pocas e infundadas, porque las investigaciones han sido tímidas y escasas.

En los textos de psicoanálisis la palabra «vagina» no se emplea con frecuencia. Se cita, de pasada a propósito de una trasferencia en el período adolescente de una erotización (falo-activa) a la vagina (receptora-pasiva), o se convierte en un objeto de especulación al formular la ecuación entre boca y vagina.

Este libro es, por lo tanto, una indagación sobre la identidad sexual y sexuada femenina, en sus problemas más antiguos y actuales, en las imágenes mentales elaboradas por las mujeres y los hombres y en su relación hecha carne. Al hablar de la vagina no nos dirigimos sólo a las mujeres. Ha sido indispensable desviarnos de las mujeres hacia el sistema de relación entre ambos sexos.

La menor atención que se dedica al pene no significa, en absoluto, que los rozamientos críticos sobre la vagina hayan de tener preponderancia sobre su correspondiente sexual masculino; pero hay que reconocer que es menos frecuente considerar el pene como un órgano sucio y feo.

El feminismo no ha resuelto el temor, el miedo, el menosprecio entre ambos sexos. En algunos casos, la relación entre hombres y mujeres ha mejorado; en otros ha sufrido un deterioro. Para una inmensa mayoría ha permanecido constante la incapacidad para el encuentro, la incomprensión, la soledad. Una discusión crítica sobre lo que existe más allá de los labios o del pene, no resuelve, por sí sola, problemas antiquísimos.

Se precisa recorrer la historia, revisar teorías, estudiar anatomía, escuchar a las personas, vivir las emociones y volver a dibujar el organismo femenino, hasta convertirlo en verdadero y real.

I. El agujero negro

«Hemos olvidado, o hemos intentado olvidar, el miedo que nos producen las funciones biológicas femeninas, la menstruación, el embarazo; el horror que nos infunden los punzantes olores del organismo de la mujer, los muchos pliegues y arrugas de su inevitable decadencia. Intentamos reprimir la amenaza que representa para nuestra virilidad su lengua de serpiente, los aguzados dientes de su doble boca sanguinolenta. Rehusamos creer en los halagos de su profundidad, en las pavorosas exigencias de su vacío.»[1]

Con este lenguaje, extraordinariamente imaginativo, Wolfgang Lederer, psiquiatra de Nueva York, identifica y resume las amenazadoras pesadillas entorno a la vulva y la vagina: las menstruaciones, la doble boca femenina, dentada y sangrante, la profundidad de su vacío. Pesadillas percibidas y expresadas por sus pacientes. Hombres que, pese a su poderío, sus éxitos, su prestancia, le confesaban, al tenderse en el diván, sus temores y reacciones de horror en relación con las mujeres. Probablemente captaban y expresaban de esta forma su propia ginecofobia.

«Me puse a pensar, como jamás lo había hecho antes, qué significaba realmente ser mujer. Pensaba en nuestros cuerpos, en el mío, en el de mi madre, en el de todas las demás. Todas iguales, todas con un agujero. Pertenecía a aquella inmensa horda de seres agujereados, a merced de los invasores. No existe nada que proteja mi agujero. No existe un párpado, una ventanilla, una nariz, una boca, ningún esfinter. Se halla escondido entre una carne blanda, suave, que no obedece a mi voluntad, que no es capaz de defenderse a sí misma. En nuestro lenguaje, las palabras que se refieren a esa parte específica del cuerpo femenino son feas, vulgares, sucias, grotescas o técnicas.

»Nunca había pensado en el himen como una protección, ni el vacío que se creaba cuando esta sutil membrana cedía bajo el ataque de los hombres, dejando vía libre a cualquier otra cosa. r otra

»¿Tal vez nace de ello un pánico esencial, tan antiguo como la humanidad que, inconscientemente, se sufre y se olvida? ¿Un miedo que tan sólo las mujeres pueden sentir, que únicamente ellas pueden comprender, que se transmiten instintivamente y que constituye su secreto?

»Un miedo que se atribuye a la penetración violenta por parte del hombre pero que, en realidad, es mucho más complejo y profundo. Es un miedo inventado por las mujeres y que las mujeres transmiten a otras mujeres. Miedo de nuestra vulnerabilidad, de nuestra absoluta incapacidad para cerrarnos en forma completa.

»¿Qué mujer es capaz de impedir que su criatura salga de ella lacerándola? ¿Qué mujer puede impedir que un hombre, firmemente resuelto a ello, la penetre y vierta en ella su semen extraño? Ninguna.»[2]

Lo que las mujeres piensan sobre sí mismas lo expone, con toda claridad, Marie Cardinal en su obra *Les mots pour le dire* (*Las palabras para decirlo*. Editorial Noguer, 1976). Las dos declaraciones-confesiones de Wolfgang Lederer y Marie Cardinal, comparadas y contrapuestas, resumen y determinan las sensaciones más profundas del hombre y la mujer, actualmente, en nuestra sociedad, cuando se enfrentan uno con otro. Son dos personas que no pueden encontrarse, debido a la presencia del «agujero negro».

El «agujero negro» sigue siendo el gran misterio de la astronomía y de la fisiología femenina, pese a que los diarios, las revistas, la radio, la televisión, la escuela, la medicina ofrezcan un gran número de informaciones sobre las funciones biológicas femeninas y las comparen con las masculinas, sobre todo en la maravillosa aventura de la reproducción humana.

Continúa vigente el misterio y, con el misterio, el miedo. La sangre que brota durante las menstruaciones es un signo evocador de heridas primigenias. ¿Acaso la vagina no se abre también como una oscura herida? ¿O no es más que el resultado de un pene amputado?

«Dientes aguzados», «lengua de serpiente», el hombre considera la vagina como una sima capaz de engullir y absorber al macho que se le aproxima, como una planta carnívora, o bien como algo que puede morder, triturar, devorar como las pirañas los atributos de su virilidad.

¿Y las mujeres? ¿Cómo conviven las mujeres con sus «intimidades», tan sólo protegidas por el frágil velo del himen, hasta el momento de la violación, con esa sangre que brota con intermitencia mensual, en los años de su madurez, glorificadas y santificadas por la cultura, únicamente en su función de perpetuar la especie humana y ser el placer y el reposo del guerrero? La mujer, hoy en día, tiene la posibilidad de neutralizar la fecundación con anticonceptivos. Imperfectos, fastidiosos, tan incómodos como se quiera, pero siempre disponibles.

También existen manuales para conocer todo lo relativo al sexo. El erotismo se vende en cada esquina, junto con los diarios.

Pero el misterio persiste y persiste el miedo en la mujer y, sobre todo, en el hombre, expresándose en sueños y fantasías.

«Tal vez este temor se debe a que la mujer es distinta al hombre, eternamente incomprensible, misteriosa y extraña y por ello aparentemente hostil». En esta forma se expresa Freud[3], que tras haber definido a la mujer como «un continente negro» inicia su lección sobre *La femineidad* con estas palabras: «con el tema de la femineidad los hombres de todas las épocas se han estrujado el cerebro... Tampoco vosotros, por ser hombres, habéis podido sustraeros a ese rompecabezas. De las señoras aquí presentes no esperamos eso; son ellas quienes constituyen este enigma.»[4]

De este enigma se deshace Freud afirmando lapidariamente lo que es una mujer. «Es un hombre carente de pene», «la mujer es una persona que no tiene pene». Una persona definida no por aquello que es, sino por lo que no es, anotando de lo que carece su cuerpo, en lugar de expresar lo que tiene, evidentemente inspira miedo.

La teoría que Freud expone respecto a la mujer es una teoría sobre el cuerpo; un cuerpo, además, amputado.

Ludwig Edelstein, un historiador de la medicina, observa que «la teoría sobre el cuerpo humano forma parte de la filosofía»[5]. Toda teoría sobre el cuerpo femenino forma parte de la filosofía. Filosofía significa visión del mundo, la teoría del cuerpo humano refleja la imagen del mundo y de la vida. Dado que las imágenes tienen siempre un margen fantástico, las teorías sobre el cuerpo humano también forman parte de una fantasía. El enigma de la femineidad es el enigma de la oscuridad, el de un agujero sin fondo. La vagina se encuentra más allá de las columnas de Hércules de sus labios, tras los que se halla la muerte. El conocimiento se detiene ante la oscuridad, lo frena el miedo, se halla presa del terror.

«La fantasía», escribe Hilman, «interviene sobre todo donde falta el conocimiento exacto y cuando la fantasía se entromete resulta prácticamente imposible llegar a este conocimiento. Así se crea un círculo vicioso y lo mítico usurpa la formación de la teoría; además la fantasía deduce pruebas de lo mítico en los hechos.

»Ver es creer, pero creer es ver. Vemos lo que creemos y demostramos nuestra creencia en lo que vemos. Esto nos resulta muy familiar en el caso de antiguas creencias, como la de la Tierra plana, a cuyo alrededor gira el Sol. Contemplando la historia hacia atrás podemos reconocer fácilmente la influencia que ejerce la fantasía sobre la observación.»[6]

La idea del cuerpo femenino en su profundidad e intimidad, la idea de la vagina, por lo tanto, se funda en la oscuridad de su conformación, en el modo en que vive, en formas distintas, pero siempre dramáticas, en la mujer que la posee y en el hombre que desea penetrarla. En la historia de la medicina, la anatomía ha dudado mucho antes de adentrarse más allá de los labios de la caverna vaginal, mientras las restantes partes del cuerpo humano eran seccionadas, escrutadas y analizadas. Los tabúes que siempre han extendido su red inhibitoria sobre la anatomía sexual femenina han permanecido vigentes en la ciencia médica.

Las investigaciones de Master y Johnson sobre la anatomía y la fisiología sexual, no se iniciaron hasta el año 1966, entre polémicas, injurias y anatemas morales. La función de los tejidos y de los órganos sexuales femeninos era desconocida hasta el punto de no permitir intervenciones eficaces a la ginecología quirúrgica. Por otra parte, las informaciones que, aún hoy, ofrecen los médicos en las consultas sobre la sexualidad, conservan muchos de los prejuicios heredados del bagaje popular de la tradición.

Aunque la divulgación científica sobre la anatomía femenina ha reducido considerablemente la zona de lo desconocido, todavía persisten muchas creencias antiguas en la fantasía y en los símbolos, por lo que las informaciones son rechazadas, tergiversadas o inadmitidas. El conocimiento de la vagina, tal como es fisiológicamente, no influye ni modifica la idea o la imagen de cómo un hombre o una mujer piensan o viven la vagina. Hombres y mujeres se sienten turbados y reaccionan con el sarcasmo. El silencio impuesto por las reglas de educación, por el «de esto no se habla», es la respuesta más extendida y rápida al deseo de conocimiento. La obsesión aumenta y «de esto no se habla», ni siquiera con uno mismo.

El cuerpo femenino es el resultado de un estereotipo, de la cultura, de la filosofía que han situado, de una vez para siempre, dogmáticamente, la vagina entre los «agujeros negros», que fascinan y atemorizan, atraen e inducen a la fuga.

II. Desaparecer u olvidar

Para cada uno de nosotros, la primera sensación sobre la identidad personal es también contemporánea con la identidad sexual. Pertenecer a un determinado sexo, ya sea masculino o femenino, ciertamente es un hecho fisiológico; pero el aceptar o repeler el propio sexo se encuentra psicológicamente determinado por las experiencias de la infancia.

Los mensajes que recibimos referentes a nuestro cuerpo, a nuestros genitales, influyen profundamente en nuestra identidad sexual y en la percepción de nosotros mismos.

Ya Freud y otros psicoanalistas se habían dado cuenta de que el primordial núcleo del propio yo es la matriz de las sensaciones ligadas a «mi cuerpo». Pero fue Paul Shilder[1] quien elaboró en 1935 una teoría muy cuidadosa sobre la imagen del cuerpo, haciendo intervenir, por primera vez, la neurofisiología y el psicoanálisis.

Según Shilder, la imagen organizada del cuerpo tiene una gran influencia sobre la persona y, por lo tanto, también sobre su comportamiento.

Son los padres quienes se encargan de enseñar y determinar la percepción del cuerpo a los cachorros, limpiándolos, acariciándolos, tocándolos, estrechándolos; y para los cachorros humanos, más tarde, dando un nombre a las distintas partes del cuerpo. De esta forma la palabra se convierte en parte del contacto, signo del que se pasa del cuerpo percibido al cuerpo representado.

Entre los juegos que los mayores han inventado para los niños, son muchos los que enseñan a conocer el cuerpo.

Tocando con el dedo las distintas partes del cuerpo se canturrea, dependiendo de las distintas regiones linguísticas:

Este es el ojito,
este su hermanito,
esta es la orejita,
esta es su hermanita,
este es el buzón [la boca],
y esta es la campana [la nariz]
que llama a la nana...

O también: (En Aragón)

Dos luceros [los ojos]
Dos agujeros [la nariz]
Un tragapanes [la boca]
Dos margaritas [las tetillas]
El botón de la levita [el ombligo]

El Facundo [el trasero]
El Nuevo Mundo [el sexo].

En Murcia cambia el inicio:

La manta piojosa [el cabello]
Los dos mirabeles [los ojos]
La trompetilla [la nariz]

para acabar como el anterior con las dos margaritas, el botón de la levita, etc.

O bien se le van tomando los deditos, mientras se le dice:

Este quiere pan [el pulgar]
Este dice que no hay [el índice]
Este que compremos [el corazón]
Este que mañana amasaremos [el anular]
Y este que ¡gurrín, gurrín!
¿No hay nada para mí,
porque soy tan chiquitín? [el meñique].

El niño ríe satisfecho. Para él es muy importante ser tocado, contactado, y nombrarle las partes de su cuerpo constituye un verdadero regalo. Aprende que él es importante, que eso es importante. Se siente capaz de diferenciar una parte de otra, el interior del exterior. Aprende la geografía de su propio cuerpo.

El individuo siente la necesidad de percibir su propio cuerpo como algo que tiene límites definidos; le sirve para delinear su autoidentidad, lo utiliza como protección, como escudo contra los peligros procedentes del exterior. Por eso, en cuanto una civilización se desenvuelve, se establecen los mapas geográficos, se señalan las correspondientes fronteras.

La percepción de los límites y la definición de sus propios confines personales es esencial para poder moverse con seguridad en el mundo. El cuerpo es un elemento de referencia esencial. Sin una adecuada percepción del cuerpo como algo que tiene límites, no puede establecerse una clara diferencia entre el yo-cuerpo y los demás, entre el yo y el no-yo.

Por lo tanto, es importante jugar con los niños, tocar y nombrar las distintas partes de su cuerpo: «Esto es la nariz, esta es la boca, estos son los ojos, esta es la tripita, esto es el ombligo».

Al varoncito también se le añade: «Esto es el pajarito, la titina, el pito» o cosas por el estilo. Y el niño aprende a sentirse orgulloso de su atributo, porque incluso la voz de quien se lo indica, cuando llega a ese punto tiene siempre un tonillo especial y, a veces, guiña un ojo. Su «cosita» es algo distinto, particular y precioso. Cuanto más importante es una cosa, tanto mayor será el temor a perderla; y esto puede tener derivaciones importantes.

Con la niña, no. Con la niña se calla.

Los eufemismos para nombrar el órgano sexual del varoncito son muy numerosos, mientras los correspondientes diminutivos mimosos para nombrar el sexo de las niñas se encuentran muy raramente. Es frecuente que, al nacimiento de una niña se diga; «una meona», como si la expulsión de la orina fuese una función exclusivamente femenina; algunos lo motejan de «agujerito», reforzando ya la idea de que ha de convertirse en una fosa; y, con cierto sentido freudiano, se ha oído llamar «almeja», aludiendo quizá a su retraimiento ante el contacto. Otras denominaciones son vulgares y ofensivas: «patata», «chona», «chocho», y así sucesivamente.

La niña percibe pronto que aquella parte, nunca o raramente citada, no es digna de ser nombrada ni, en consecuencia, de estima. Esto no la ayuda a desarrollar el concepto de sí misma ni de su propio yo. Cierto es que el órgano sexual masculino es externo, evidente, espectacular, y el órgano femenino se halla mucho más oculto; pero esto no significa que para el órgano femenino no haya de existir un nombre.

En efecto, la atribución de un nombre propio es lo que obliga al oyente a construir una imagen visual.

He aquí que el órgano sexual; la sexualidad del niño lactante, es puesta de relieve y aceptada, incluso exaltada y glorificada. La sexualidad de la niña se esconde bajo el silencio. Y ha pasado en silencio o bajo censura incluso en las investigaciones sexológicas.

A partir de la década de los 70, la actitud de los padres respecto a la sexualidad infantil ha dejado de ser uniforme. Revisada y criticada como negativa su propia educación, una parte de ellos, que constituye una vanguardia se ha vuelto más permisiva, incluso más inclinada a la curiosidad respecto al erotismo, al autoerotismo de sus propios hijos. Incluso algunos de estos padres y madres, de clase social o cultural más elevada, explican a los amigos cómo se masturba su hija: «Se restriega sobre el brazo de la butaca y, de repente, enrojece» o «se monta en la almohada y dice que le gusta mucho». Pero esos mismos padres, en otros momentos, son víctimas de la angustia. Por ejemplo, una madre cuyo niño de cuatro años se estaba tocando en la playa su pito, le gritó: «¡Ya está bien! ¡Para de tocártela o te la corto!», aunque esta mujer conocía, perfectamente, la divulgación freudiana sobre la angustia psicológica de la castración.

Pero incluso en ese ámbito «progresista» es muy difícil que se afronte ante las niñas la explicación de «cómo están hechas», y sólo se refieren al aspecto de la reproducción. Por otra parte, nadie ayuda a estas madres ni a estos padres.

Los libros que se encuentran en el comercio relativos a la educación sexual, dan descripciones muy someras sobre los órganos genitales femeninos, extendiéndose, sobre todo, en explicaciones sobre los órganos internos, como los ovarios[2]. Continuamos hablando de padres que constituyen una minoría, aunque pueda esperarse que siendo estos una vanguardia con el tiempo (mucho tiempo), llegarán a ser imitados por los más conservadores.

En la mayoría de las familias el autoerotismo,

desgraciadamente, se ha visto como una mala costumbre, inconveniente y peligrosa.

En otros tiempos se decía que afectaba al cerebro, conducía al idiotismo y a la locura, provocaba el engendramiento de hijos deformes, llevaba a la ceguera y a otras muchas desventuras. Con todo ello, la masturbación ha acabado por convertirse en una práctica acarreadora de sentimientos de culpabilidad y angustia. Pero el autoerotismo no es, en forma alguna, perjudicial. Durante la infancia y la adolescencia forma parte de la autoexploración, del autoconocimiento, del autocontacto.

Con la masturbación se descubren las sensaciones placenteras que puede proporcionar el propio cuerpo y eso sirve para amarse y sentir confianza en sí mismo.

El ambiente, influido por los adultos, silencia o difama la vagina. Los padres se endurecen cuando los niños les hablan, reaccionan con una azotaina, desvían la conversación o arrugan el entrecejo en señal de desprecio, como si se tratase de una palabra obscena o blasfema.

El conocimiento del cuerpo en la infancia no pasa solamente a través de las enseñanzas de los adultos que, casi siempre, se identifican con el padre. El cuerpo y la sexualidad se aprenden, sobre todo, jugando con los compañeros de la misma edad. Ocasión cada vez menos frecuente en las familias con un hijo único o semi-único, mantenido en casa bajo control y, desde luego, no más libre en las instituciones para la infancia, tal como hoy están regidas. En cuanto les es posible, los niños realizan investigaciones sobre su propio cuerpo, se tocan, descubren las partes desconocidas, buscando sensaciones agradables y placer. Con mucha más libertad, las jóvenes simias exploran sus correspondientes genitales y los de los demás, se masturban, simulan el coito; actividades que también serían típicas de los niños, así como de los primates y pequeños mamíferos, si no se les amonestaran o impidiera.

El jugar «a doctores» es para los niños una forma clásica de desarrollar la exploración, individualizar las diferencias sexuales y compararse.

En nuestra sociedad las exploraciones de los genitales sobre todo si son recíprocas, no sólo no son apreciadas, sino que se toman medidas para reprimirlas con mayor o menor severidad. El juego de los niños con los genitales está considerado tan grave como una enfermedad contagiosa. A los niños se les compran armas para que finjan disparos y a las niñas se les regalan montones de muñecas, aunque la criminalidad, la guerra y las explosiones demográficas pesan gravemente sobre su futuro y el nuestro.

Los varoncitos se encuentran, con gran frecuencia, muy aventajados sobre las niñas de su misma edad en lo que hace referencia a la sexualidad. «Los muchachos comparan la fuerza de sus músculos, su habilidad en los saltos, en el juego de la pelota y, por último, comparan también su habilidad para tener una eyaculación: «¿Hasta dónde llegas cuando te viene?» y se masturban mutuamente. ¿Cómo se masturban? Algunas veces con las manos, otras veces observando, otras hablando. Se trata del estadio homosexual que es fundamentalmente una forma rudimentaria para aprender cómo dar y recibir el placer sexual, relacionándolo con otra persona.»[3]

Construyendo su teoría sobre las zonas erógenas, Freud presume que las primeras actividades y sensaciones genitales de la niña son esencialmente clitorídeas y sostiene que la vagina puede permanecer totalmente inexplorada.

Entre todos los psicoanalistas ninguno ha puesto en duda esta hipótesis, excepto Karen Horney que, ya en 1925, se había interesado por ello, en unión de su colega Josine Muller.[4]

Karen Horney escribe en su ensayo sobre *La negación de la vagina*: «Gran parte de las noticias recogidas, de cuando en cuando, por ginecólogos y pediatras interesados en la psicología, hacen pensar que en los primerísimos años de vida la masturbación vaginal tiene efecto tantas veces como la clitorídea.

»Los hechos que avalan esta impresión son: la frecuente observación de señales de irritación vaginal, como el enrojecimiento y la inflamación; el hecho de que se verifique con frecuencia la introducción de cuerpos extraños en la vagina y, por último, el lamento bastante corriente de las madres porque las hijas se meten los dedos en la vagina.»[5]

Actualmente se puede añadir que «las investigaciones sobre la fisiología sexual han confirmado que en la niña, a partir del tercer día de la lactancia, se produce una lubrificación vaginal. Este hecho, por razones de tabú científico, no había sido comprobado y las observaciones se habían limitado a señalar la visible erección del niño»[6]. Franco Mascherpa, ginecólogo del ambulatorio de ginecología pediátrica de la Universidad de Turín, confirma que, con frecuencia, se encuentran casos de masturbación vaginal durante la primera infancia; en el citado ambulatorio el personal médico ha tenido que extraer muchos cuerpos extraños, por lo general capuchones de bolígrafo, de la vagina de las niñas.

La vagina tiene, por lo tanto, desde el inicio, una verdadera función erótica; la masturbación vaginal se halla muy extendida, en forma igual o mayor que la masturbación clitorídea. Sólo más tarde las proporciones se alteran a favor de la masturbación del clítoris. Probablemente, se trata del resultado de una advertencia: «No te toques, ahí abajo». Se obedece, en los años siguientes, transfiriendo el contacto al clítoris, que se halla situado «más arriba». No existen investigaciones profundas sobre la masturbación infantil femenina y ni siquiera aparecen en los más amplios estudios sexológicos, que soslayan este tema. No cabe la menor duda de que la frecuencia de la masturbación vaginal, que se interrumpe misteriosamente después de los cinco años, echa por tierra la hipótesis freudiana sobre la primordial importancia de la sensibilidad del clítoris. «Es frecuente que todo aquello que se halla relacionado con la vagina —el reconocimiento de su existencia, las sensaciones vaginales, los impulsos instintivos— queden implacablemente destruidos; se concibe después la idea, mantenida durante largo tiempo, de que la vagina no existe, idea que determina la preferencia de la niña por el papel masculino. Todas estas consideraciones me parecen favorecer, en forma decisiva, la hipótesis según la cual *tras el fallido descubrimiento de la vagina se halla la negación de su existencia*»[7].

Ya se ha dicho que el cuerpo es un término de referencia esencial, sobre todo para los niños, ya que durante la infancia es cuando se forma la identidad sexual y sexuada. Sea debido a la represión sobre la exploración vaginal en los primeros años de la infancia o porque haya sido brutalmente impedida, permanece vigente el hecho de que las niñas no tienen memoria o pruebas de la existencia de la vagina, por lo menos hasta el inicio de las menstruaciones.

No hallándose en situación de comprender que es una persona con límites definidos, la niña termina por vivir «esa parte del cuerpo» como insuficientemente delimitada, carente de fronteras y, en consecuencia, de escasa o nula importancia. Los padres, los «educadores», no satisfacen su necesidad de saber; «¿Por qué no tengo yo pito?». Nadie la tranquiliza sobre el valor del sexo, ni siquiera sobre la existencia del sexo. Rara vez se le dice que, en lugar de tener una cosa *menos,* posee algo *distinto.*

Una mujer psicoanalizada por Karen Horney, hablaba insistentemente de un hombre al que había visto orinar en la calle. Confesaba que, con frecuencia, soñaba en poder orinar como un hombre y concluía: «Porque así sabría cómo soy verdaderamente; cómo estoy hecha». Lamentando el hecho de que los hombres puedan observarse y conocerse, en el individualismo de su sexualidad externa, mientras esto se halla vedado a las mujeres, la paciente denunciaba y aclaraba lo que, en efecto, se halla en el origen de la envidia del pene: «Lo mismo que la mujer con sus genitales ocultos representa un enigma para el hombre, el hombre despierta los celos de la mujer, precisamente por la fácil visibilidad de sus órganos genitales»[8]. La mujer que no puede saber cómo está realmente hecha, lo que hay *abajo*, en esa parte que jamás se nombra, no ve satisfecho su deseo de observación y conocimiento, constatación que, en cambio, es muy fácil para el hombre. Al no lograr conocerse ella misma, no puede liberarse de su propia subjetividad. ¿No resulta más difícil adentrarse en el conocimiento del mundo, cuando el mapa del propio cuerpo presenta zonas desconocidas, cuando no se ha dado una respuesta exhaustiva a la pregunta: «¿Cómo estoy hecha?».

A fuerza de sentirse sin sexo, la mujer acaba por considerarse a sí misma como un objeto puramente sexual. La exhibición del cuerpo femenino es la compensación de la supuesta falta de órgano sexual que, en cambio, puede exhibir el macho. He aquí por qué en la mujer la exhibición del cuerpo en su total desnudez, antiguo y rico juego de la seducción, sirve para lograr, en la aprobación de otros, la confirmación de la propia existencia.

Las mujeres sienten mayor ansia de reconocimiento por parte de los demás que los hombres, para tener la seguridad de que existen. «Si los demás no me miran es, tal vez, porque no estoy». Los ojos ajenos se convierten en el espejo y la garantía de su existencia. No es casual que las mujeres pasen más horas delante del espejo y se adornen más que los hombres. Se trata de tener una confirmación, de definirse como forma. Pero el cuerpo usado para definirse entre lo existente se convierte en un instrumento, no es un cuerpo vivo y subjetivo; es un cuerpo diferente de sí, un cuerpo muerto[9].

Al crecer, la niña descubre que social y culturalmente se la define precisamente por «esa cosa de menos» que, durante años, le ha sido ocultada y prohibida. Por la calle los hombres le dicen: «¡Adiós, patatita linda! ¡Vaya patatita!» u otras equivalentes por el estilo, algunas veces con hipérboles: «¡Una almejita que no se acabaría uno nunca!». Podrían interpretarse como piropos, pero basta un cambio de inflexión para que las palabras se conviertan en un insulto. El lenguaje sexual siempre es ambiguo.

Menos ambiguas, en la búsqueda de una objetividad, abstracta ciencia, son las nociones de la llamada «educación sexual» que sustituyen con términos como «vagina» o «pene» las denominaciones populares de «coño» y «polla». En los elementales diagramas del aparato sexual, el complejo del útero, las trompas y los ovarios, en la función reproductora, son mucho más importantes que los órganos del placer, el clítoris o la vagina, escasamente mencionados o incluso censurados.

A la niña, ya crecida, no se le enseña a explorarse, a conocer sus propios genitales ni el placer que de ello puede obtener. Y nadie le hablará de los músculos que posee la vagina, músculos que puede contraer o relajar a voluntad. Excluida del esquema del cuerpo femenino, de la geografía de su propio cuerpo, la vagina se torna totalmente pasiva, porque es silenciada, desconocida y despreciada. No se dan a conocer sus posibilidades de movimiento, de vida, de felicidad. La inercia muscular se convierte en atrofia muscular y esto es un hecho presente en nuestra cultura y conduce a consecuencias patológicas no sólo en el aspecto del goce sexual, sino en el plano orgánico de otras funciones correlativas.

El pudor de la mujer respecto a sus genitales, su repugnancia a acudir a la visita del ginecólogo, nace de inhibiciones que le han sido inculcadas sobre las partes «íntimas» de su propio cuerpo; esas mismas partes que, en cambio, son explícitamente exaltadas cuando, luego que la virginidad hasta el matrimonio era tutelada a ultranza, se le daba la orden: «Mantente intacta hasta el matrimonio», es decir, conserva puro, intocable, ese órgano que por contra, desde la infancia había sido prohibido, incluso verbalmente, y que, ahora, se convierte en un privilegio, la mayor, si no la única riqueza de la niña convertida ya en mujer.

Es la más absurda contradicción en numerosas culturas y religiones, transmitida hasta nuestros días en los niveles de menor cultura. La parte del cuerpo femenino juzgada y tratada como la cosa más sucia es, al mismo tiempo, el símbolo de la pureza que hay que entregar al hombre después del matrimonio.

¿Se le ha dicho alguna vez a un muchacho: «consérvalo intacto y puro para la mujer que amarás?». La costumbre le ha autorizado, es más, le ha exhortado a experimentar su sexualidad antes del matrimonio, complaciéndose en que la experimentación fuese lo más rica posible.

Al muchacho se le ahorran expresiones que la literatura y el lenguaje corriente continúan reservando exclusivamente para las mujeres; «Da fácilmente la patata», identificando el todo, la protagonista, con la parte. Se la compadece o se la sublima con un «ella se entregó», donde el todo, la mujer, se identifica con un órgano: la vagina. De un hombre jamás se dice: «Ese se da», o «da su pito», ni siquiera, «él se entregó».

Sólo quien considera a una parte de su cuerpo, que no se halla armónicamente ligada a su organismo, un objeto separado del mismo, puede entregar para su uso o como regalo una parte de sí. La vagina es una cosa; no una parte del cuerpo sino un objeto destinado a los demás, quizá para ganarse la vida, ya como esposa, como madre o como amante. A veces para enriquecerse, como sugería una *maitresse* americana[10], para quien «toda mujer se sienta sobre su propia fortuna y no lo sabe»; pero siempre como una parte separada de su propio cuerpo, de su propia personalidad, de su propio individualismo. Constituya una suerte o una desgracia, permanece el que la vagina no pertenezca a la mujer que la da o la vende; es propiedad de su *partener*, del marido, del amante, del ginecólogo que son quienes tienen derecho a penetrarla y a conocerla.

Las resistencias al empleo de un anticonceptivo natural, como el diafragma vaginal, son frecuentemente originadas por el desagrado de la mujer a tocar esa parte de su propio organismo.

En la imposibilidad de ignorarla o censurarla, una vez que se ha entregado al macho, la vagina es minimizada. «Es siempre preferible que la vagina sea pequeña y modesta; el ansia por el tamaño del pene sólo es igualado por el deseo de pequeñez de la vagina. Ninguna mujer quiere admitir que posee una vagina tan ancha como la collera de un caballo; siempre espera que no sea excesivamente húmeda y que no desprenda olores desagradables; muy complacida borra todas las señales de la menstruación en interés de la decencia pública[11]. Esto lo saben perfectamente las industrias de los jabones, de los «desodorantes íntimos» que de ese temor de las mujeres a emanar olores ingratos debidos a «esa parte sucia», obtienen importantes beneficios.

Las actitudes denigrantes que atacan a las mujeres y que pesan gravemente sobre su vida hacen difíciles sus relaciones con los demás y con su natural interlocutor, el hombre. La mujer que crece pensando: «Esa cosa que tengo ahí abajo es un agujero feo y sucio», trasmite esta idea al hombre, lo mismo que la persona que se siente inferior comunica con sus actitudes y sus gestos: «Yo soy inferior a ti, yo no valgo nada».

De esta forma, la actitud femenina hacia sus propios genitales y la devaluación de la vagina no hacen más que reforzar la creencia estereotipada sobre la inferioridad corporal femenina y la supremacía del pene.

III. Deseducar

Este es el análisis de una escena simbólica. Protagonistas: una niña y su madre.

La niña pregunta un poco desilusionada: «¿Por qué yo no tengo pito?». Como consuelo, la madre le responde: «No, no tienes pito, pero en cambio tienes una patatita y cuando seas mayor podrás tener muchos niños».

Cuando la sexualidad se hallaba limitada al matrimonio, la misión asignada a la joven esposa era la de llevar íntegro su himen a la noche de bodas. Sus energías se centraban en esto, como las de un soldado que ha de llevar un mensaje importante a través de las líneas enemigas.

La joven mujercita tenía que esquivar las tentaciones, las insidias de los jovenzuelos que solicitaban pruebas de amor, evitar los peligros de los seductores.

Ahora el sexo está liberado. La virginidad ya no es un mérito, quizá un motivo de vergüenza y, muchas veces, el himen constituye un estorbo del que hay que liberarse rápidamente, en espera de un amor que valga la pena.

Los padres, recordando los problemas que les han afligido como consecuencia de la educación recibida, quieren que sus hijos estén mejor informados, que no tengan que fatigarse y sufrir para lograr declaraciones, como les sucedió a ellos. De esta forma procuran informar a sus hijos sobre la sexualidad, aunque frecuentemente se limiten a proporcionar nociones sobre la reproducción. Son estos adultos los que solicitan que en la escuela tenga lugar la «educación sexual», y también están convencidos de que la sexualidad no significa, exclusivamente, reproducción.

En realidad, aún es la reproducción el fin subconsciente que permite ejercitar la sexualidad; no por el placer. Las influencias familiares recibidas, aún hoy inconscientes, no lo permiten.

Cuando se le dice a una niña; «... pero tú tienes una patatita y podrás tener muchos niños» el educador cae en una contradicción semántica.

Para decirlo claro, se censura y se esconde una palabra y su significado y se prefiere otra que tiene sentidos distintos. La «patatita», como órgano sexual nombrado con una palabra tan afectuosa, es el clítoris y la vagina; como órgano de reproducción se llama útero.

Como «útero» y exclusivamente «útero», los educadores presentan la «patatita» a los niños, cuando estos hacen las primeras preguntas embarazosas. La «vagina es una cosa sucia», sin derecho de ciudadanía en el vocabulario de la educación sexual. Su existencia se establece, rápidamente, como «canal vaginal», camino de escasa importancia, exclusivamente útil para permitir la llegada hasta el útero de los espermatozoides fecundantes.

Parece que el útero sea el único, el exclusivo órgano sexual femenino, mientras, en realidad, sólo se halla destinado a la reproducción. A nadie se le ocurriría hablando de la sexualidad masculina, desviar la atención del pene para dirigirla hacia la próstata.

La niña así informada crece y descubre que «el hacer niños» es una cosa verdaderamente complicada. Sus padres, la gente, hablan con frecuencia de dinero, de «lo que hoy día cuesta vivir», de los problemas para encontrar alojamiento. Aprende, por lo tanto, que para tener hijos, para «comprar un niño», hay que tener medios para mantenerlo, criarlo y tiempo para cuidarse de él. Si luego se la educa para realizarse en un trabajo, descubrirá que trabajar y tener hijos es fatigoso y difícil, cuando no resulta totalmente imposible.

Una mujer económicamente autosuficiente que se decide a tener un hijo y opta por criarlo ella sola, puede ser considerada una mujer extravagante o bien una mujer fuerte y valerosa, según el medio social en que viva sea más o menos «avanzado».

Ciertamente, nadie le aconsejará que traiga al mundo un segundo. Si lo tiene, es una loca o una inconsciente. El segundo hijo, en el Occidente industrializado, es la conclusión de una familia legítima, provista de un padre. La realización perfecta. Actualmente, la tendencia es hacia el hijo único. Un tercer hijo ya es «familia numerosa».

Decirle a la niña; «No, hija mía, tú no tienes pene, pero podrás tener niños» es un engaño cruel del uso del plural. El plural de «niño» significa, como máximo, «uno más uno», pero se continúa llenando su habitación de muñecas, como si tuviera que prepararse para una maternidad numerosa. «Quisiera pasar mi vida entre tantos niños como muñecas tuve. Muchos niños que corrieran hacia la mesa y yo, su madre, llenando platos de sopa de una familia alegre y feliz»[6] como todavía se ve en la publicidad de algunos cubitos de caldo.

«Hija mía, algún día tendrás muchos hijos». Este es el mensaje. Y es una mentira, puesto que, como ya hemos visto, no es cierto. Pero lo que queda es el deseo profundo de realizarse como madre, ser «útero», puesto que «madre» es la identidad que se le ha atribuido. Los libros, los cursos de educación sexual que, aún hoy, encuentran la oposición reaccionaria de los infanteinocentistas, no hacen más que reforzar la concepción reproductora sobre el pene y la vagina.

Lo más importante de la lección es, precisamente «cómo nacen los niños». La vagina, órgano sexual femenino, es, exclusivamente, el lugar donde penetra el pene para verter en ella su líquido espermático. Gran parte de la lección trata sobre el óvulo. El óvulo desciende por las trompas de Falopio y allí se encuentra (¡flechazo!) con el espermatozoide fuerte y hermoso.

Una vez desposado y fecundado, el óvulo se traslada a vivir al útero y «a los nueve meses el bebé se encuentra a punto».

Parece que a cada relación sexual corresponda una fecundación; es más, que a cada penetración del pene se haga realidad el sueño, que muchas veces se convierte en pesadilla, de una segura maternidad.

Es inútil sugerir que sólo un escaso número de educadores sexuales, y éstos entre los más temerarios, hablan del placer del sexo. Los demás, simplemente, se limitan a la misión de extender el pensamiento científico, es decir, traducir el vulgar «polla» por «pene» y hacer constar que la «patata» científicamente se denomina, en lenguaje culto, «vagina».

La consecuencia de la lección «espermatozoide más óvulo», en la fase de la vida en que se forma la identidad sexual, resulta doblemente nefasta. En efecto, por una parte el muchacho se siente cada vez más tentado por el deseo de comprobar los efectos de su espermatozoide más fuerte. Por la otra, la chica quiere asegurarse si el útero que posee es verdaderamente capaz de hacer niños. Ha aprendido, desde pequeña, que su valía estriba en su capacidad reproductora, en la «posesión del útero».

El embarazo, en este caso, se busca y se desea como un signo de normalidad, una forma de decirse a sí misma: «Soy una mujer puesto que puedo tener hijos».

Alcanzado este convencimiento, no sirven

para nada las informaciones ni los consejos que se den sobre la anticoncepción.

Por otra parte, el mundo externo a las instituciones familiares y educativas (el cine, los *comics,* la literatura erótica) muestran el espectáculo de los placeres y de los aparejamientos entusiastas en los que, misteriosamente, todas esas actividades no crean, jamás, problemas de embarazo. No existen dudas ni sustos. Los niños llegan cuando se decide tenerlos, absolutamente independientes de la maravillosa vida erótica. Tal hecho produce la impresión de que la vida erótica se halla totalmente separada de la actividad reproductora. En los medios de comunicación ya no queda ningún rastro de las enseñanzas infantiles que ligaban, indisolublemente, la sexualidad a la reproducción.

¿Es algo existente, algo adquirido lo que los medios de comunicación nos representan? ¿Nos describen una realidad o constituyen, a su vez, el modelo de la vida entendida eróticamente, donde el *problema* del deseo del embarazo y de los hijos ha desaparecido?

En este caso, los medios de comunicación niegan, esconden o censuran, lo mismo que los educadores, un problema, una angustia.

A favor de esta tesis existen unos hechos, es decir: pese a la educación sexual, pese a la creación de consultorios, pese al modelo cinematográfico y televisivo, el número de abortos continúa siendo muy elevado y el empleo de los anticonceptivos extraordinariamente bajo.

En unas investigaciones sobre las ambivalencias sobre la maternidad, la psicóloga Caterina Arcidiacono[2] entrevistó a mujeres profesionalmente bien situadas, emancipadas, algunas de ellas feministas, todas de elevada cultura y todas con un variable número de abortos sobre sus espaldas.

En un significativo número de casos, estos embarazos «indeseados», se han producido en momentos en que estas mujeres estaban obteniendo éxitos profesionales; por ejemplo: una de ellas quedó embarazada en el momento en que se iba a publicar su primer libro.

El embarazo, conscientemente no deseado, puede interpretarse, en estos casos, como el resultado de un mensaje profundo del tipo: «Sí, pero sobre todo, eres madre», «Estás hecha para tener hijos». El embarazo y la interrupción son, en este caso, el conflicto que actúa sobre la identidad femenina.

En efecto, cuando se habla de mujeres con una instrucción media o elevada que tienen que soportar embarazos no deseados, con gran frecuencia interrumpidos por medio del aborto, no se puede hablar de una ignorancia anticonceptiva, sino de *resistencia frente a la anticoncepción.*

Ciertamente, muchas mujeres recurren al aborto porque, debido a su falta de información, son incapaces de defenderse y controlar su propia fecundidad, pero ¿cómo explicar el caso de una famosa arquitecto que recurre a la interrupción del embarazo dos veces en el espacio de un año?

Es que «... el control de natalidad somete a discusión el papel de la mujer en los grandes temas de la maternidad y la seguridad. Toda mujer lleva consigo esa bipolaridad y la importancia recíproca del papel de madre y de esposa, siempre ha sido un fenómeno delicado, complejo y en perpetuo equilibrio dinámico... puede observarse una mutación de la polaridad en función de la edad, las condiciones de vida o el grupo social al que se pertenece. Permanece el hecho de que este embarazo, entusiásticamente deseado, razonablemente aceptado o bien repudiado como un peso o un obstáculo, constituye una constante permanente en el ánimo de la mujer[3].

El ideal que toda mujer tiene sobre sí misma es, esencial y principalmente, la de ser madre y esto deriva de una atribución que le ha sido asignada en forma primordial: «Tú tendrás niños».

El cerebro humano es como una computadora; cuanto más antiguo es el registro, más difícil es controlarlo por medio de la razón cuando repite el mensaje profético: «Tú tendrás muchos niños».

Tener niños no es sólo un destino biológico. En este caso es el papel, la asignación de una misión que se ha de cumplir, la indicación de un camino que es necesario recorrer.

La indicación, el papel, la misión, son dados a la niña por las personas afectivamente más importantes para ella. En primer lugar los padres, más tarde los maestros, luego los médicos. Estas personas no son conscientes de lo que trasmiten. No se dan cuenta de que la información es captada como atributo de la identidad y como una «orden» por la niña a quien va dirigida.

Más tarde, sin embargo, los caminos que se le indicarán serán, según hemos visto, muy distintos. Procrear sólo se puede en pocas y determinadas condiciones.

Dentro de ella, pese a todo, la computadora continúa girando la cinta donde está grabado: «Tú tendrás muchos niños», y ésta es una orden especial a la que resulta muy difícil desobedecer.

Entre las exigencias de su realidad de adultas y los atributos que se les han dado para su papel, se exige un compromiso: la prueba de la propia capacidad para ser madres. Así se pueden explicar los abortos repetidos, las equivocaciones, excesivamente frecuentes, en el empleo de los anticonceptivos, el rechazo de algunos sistemas, motivados por «con el preservativo me siento lo mismo que una puta, la píldora me hace engordar, el diafragma es muy incómodo, del DIU (la espiral) no me fío».

Quien continúa diciendo a las mujeres, a las muchachas, que su órgano sexual es el útero para convertirse en madres, no logra más que poner a punto el espéctaculo donde se representa la frustración, la depresión y el aborto. Está preparando la infelicidad que, tal vez más tarde tenga que hacer frente como médico o psicólogo, a los abortos que, acto seguido, condenará como moralista, aumentando así la desgracia y el sentido de culpabilidad de la mujer que ha solicitado su ayuda.

Repitamos ahora, pero en forma correcta, la escena inicial.

La niña pregunta: «¿Por qué yo no tengo

pito?» «No, tú no tienes pito, porque eso sólo lo tienen los niños. Tú tienes una patatita que encima tiene un garbancito chiquitín y muy simpático. Más abajo se abre una boquita de color de rosa que, cuando se hace mayor, recoge el pito de la persona que se ama y la chupa con el mismo placer que tú ahora sientes cuando te chupas el dedo».

¿Pero quién, entre nosotros, tiene el valor suficiente para responderle así a una niña?

IV. En rojo

Característica de la mujer es que su vagina se tiña de rojo durante la menstruación.

Este alegre terciopelillo rojo que cada mes se desborda y desciende, ha sido la mayor y más grave fuente de tabúes respecto a los órganos sexuales femeninos, hacia el cuerpo de la mujer, e incluso, hacia la mujer en general. Los que crean que actualmente este tabú ha desaparecido los remito a las respuestas que a dos preguntas mías han hecho algunos ginecólogos, en el transcurso de unos estudios que he efectuado sobre «La imagen femenina para el ginecólogo».

«¿Qué cree usted que una mujer debe evitar durante las menstruaciones?»

Diez ginecólogos de cada diez han contestado: «Actualmente se sabe que puede hacerlo todo. Hay mujeres que han vencido en las Olimpiadas teniendo la menstruación».

«Una mujer menstruando, ¿puede bañarse en el mar?»

Todos los ginecólogos han respondido: «Sí», pero siete han contestado que es preferible que se abstenga, no tanto por ella, dado que no puede acarrearle ningún perjuicio, sino en atención a los demás, «puesto que contamina el agua».

Estos médicos (todos trabajando en distintas universidades) se bañan habitualmente en mares donde desembocan las cloacas de miles de personas y, sin embargo, sienten repulsión ante la idea de que una mujer pueda contaminarlos con una menstruación que, absteniéndose de bañarse en el mar, hubiera llegado igualmente a través de las citadas cloacas. Una menstruación media consiste en 50 a 60 centímetros cúbicos de sangre, que se pierden en el transcurso de 5 a 7 días. Durante un baño pueden perderse unos 5 centímetros cúbicos y, además, las mujeres que se bañan durante la menstruación suelen hacerlo protegidas por un tampón, por lo que el temor a la contaminación ha de quedar prácticamente descartado.

Pero mientras responden a mis preguntas estos hombres de ciencia parecen no recordar ni la fisiología femenina ni el hecho de que ellos, como una inmensa mayoría, probablemente hacen pipí en el agua.

La menstruación, con su periodicidad, representa un fenómeno único en la fisiología. Sólo ahora se empieza a hablar de la periodicidad hormonal masculina y la concepción cíclica del organismo humano se halla subrayada por los estudios sobre el biorritmo. Lo que se está descubriendo es que también los hombres sufren variaciones en su energía, pero ellos no pueden tener la prueba visible que se halla al alcance de las mujeres.

Los tabúes menstruales se hallan tan extendidos y se han descrito con tanta frecuencia[1] que casi resulta inútil señalar la universalidad de sus manifestaciones.

La analogía más frecuente de la menstruación es la de asimilarla a la sangre que sale de una herida. De ahí se deriva el que la vagina sea, en opinión de algunos, una herida femenina, para otros un pene que ha sufrido amputación.

Dado que el derramamiento de sangre en un cuerpo herido puede llevar a la muerte, la sangre se halla íntimamente relacionada con la vida y su pérdida representa el fin. Pero la mujer no muere a consecuencia de las menstruaciones y eso parece otorgarla un poder que el hombre desconoce.

En el cúmulo de material antropológico referente a la menstruación, en las más diversas culturas e historias, las dos constantes que se encuentran son las mismas: la sangre menstrual considerada como un veneno y la necesidad de evitar a la mujer durante la menstruación. La sangre se considera un veneno precisamente porque es un signo de muerte. Pero, como con frecuencia acaece, los venenos utilizados moderadamente y en forma exacta se convierten en fármacos beneficiosos. Por esta razón, el menstruo en algunas culturas tiene el poder de salvar a los hombres de la enfermedad; o como indica Plinio, de matar los gusanos y los parásitos que amenazan los campos y las cosechas.

La ambivalencia de la interpretación de la menstruación se manifiesta en el hecho de que, en muchas culturas, este proceso representa un momento de purificación: la mujer elimina de su cuerpo las sustancias tóxicas presentes en el mismo. En otras culturas, como la hebrea, la mujer que tiene la menstruación permanece impura hasta el momento en que se somete al baño ritual purificador.

La mujer menstruante es alejada de la comunidad o, por lo menos, es evitada, ya que su presencia es considerada verdaderamente peligrosa.

Se pueden interpretar estos tabúes como el hecho de que hallándose la menstruación ligada a la reproducción, a la vida y a la muerte, es un factor de «potencia». Todo lo que confiere poder tiene, en efecto, un peligro potencial, que necesita ser mantenido bajo control.

Por esta razón, la mujer menstruante se había considerado —y se consideraba a sí misma— en posesión y dotada de poderes de brujería. Pero lo que puede dar miedo y crear angustia a los demás, también puede herir y perjudicar a quien posee estos poderes destructivos. Muy probablemente ha sido la presencia de esta sangre que se desprende de la apertura femenina lo que ha convertido en más inquietante la razón y la existencia del «agujero negro».

La importancia y el valor de la menarquía, es decir, de la primera menstruación, no pasa desapercibida para los muchachos de la misma edad de las interesadas y suscita reacciones que oscilan entre el miedo y la envidia. Los muchachos afectos de traumas psíquicos manifiestan estas reacciones en forma evidente y Bettelheis explica que los adolescentes esquizofrénicos del instituto que él dirige «... confesaron su envidia hacia las chicas, porque ellas, al menos, con su primera menstruación, *sabían* que ya se habían desarrollado sexualmente. Los muchachos, en cambio, y lo señalaban con convicción, no lograban saberlo con tanta certeza»[2].

Al no poder señalar con tanta exactitud su ingreso en la madurez, los hombres han inventado los ritos de iniciación, entre los cuales se halla comprendida la circuncisión. Y es en la circuncisión o en la sub-incisión (corte del frenillo del prepucio), donde se expresa la envidia hacia la menstruación, como índice de una capacidad generadora que el macho no posee.

No existe, por lo tanto, tan solo la envidia del pene, sobre la que tanto ha insistido Freud, sino también la de la vagina, de acuerdo con el proverbio que asegura: «La hierba del vecino es siempre más verde».

¿Y en nuestra cultura?

Es muy raro encontrar mujeres que hayan vivido con serenidad su primera menstruación, como signo de su crecimiento.

La menarquía, la menstruación, el parto y la menopausia, como acontecimientos fisiológicos femeninos, siempre han sido asociados al dolor. Dolor por la menstruación, dolores de parto y dolor por la pérdida de la capacidad reproductora.

La forma en que, aún hoy, muchas madres trasmiten a sus hijas la información sobre la regla es de tipo «suspirante»: «¿Qué le vamos a hacer, querida? Hemos nacido para sufrir...». Y esto significa, sencillamente, este mensaje: «Se es mujer en la medida en que se sufre».

Parece que el dolor sea una consecuencia inevitable del ser mujer y algo que hay que soportar con resignación.

Un estudio hecho en la Universidad de Padua ha permitido comprobar que «las madres de muchachas aquejadas de síndromes premenstruales, ofrecen un porcentaje mucho más elevado de estos síntomas, comparados con el de las madres que no los padecen... la trasmisión de la madre a la hija o entre las hermanas contribuye a perpetuar el "mito del dolor"[3].

Antiguamente los médicos decían: «Señorita, cuando usted se case, las menstruaciones dejarán de ser dolorosas», convencidos de que un tratamiento de pene liberaba a la mujer de muchas dolencias. Y, en parte, tenían cierta razón, no debido al derecho-deber matrimonial referente al sexo, sino porque las mujeres casadas recibían una confirmación de sus propios genitales a través de los del esposo. Una afirmación de ser mujer, gracias al pene. El pene para saber que eran, que existían. Un pasivo: «Penetrata, ergo sum».

Durante la adolescencia se produce también un distanciamiento entre las muchachas y los chicos de su misma edad. «De niña estaba muy tranquila en el grupo de los chicos; después he descubierto que yo era diferente y me ha sido preciso refugiarme entre las mujeres»[4]. Las menstruaciones son el descubrimiento de algo que no se desea descubrir, y ese algo es la diferencia existente entre el hombre y la mujer. En realidad, más tarde, aceptando la parte femenina de sí misma, se desarrolla la madurez sexual y la comprensión con las demás mujeres. Otras veces, en cambio, el encerrarse en un círculo femenino, es una forma de defensa regresiva, para no tener que reconocer ni superar la diferencia sexual. «Se estaría mejor aquí, sólo entre mujeres, puesto que no habrían diferencias ni existirían problemas sexuales; podríamos jugar como niñas, dueñas de nuestro cuerpo y convencidas de nuestro propio individualismo»[5]. Es una especie de alejamiento inducido u otras veces auto-inducido, por parte de mujeres jóvenes en las que se produce un decaimiento de la autoestimación precedente. Se trata de un período de transición donde la muchacha tiene que introducir una nueva pieza en la imagen que tiene de sí misma.

Este flujo incontrolable de sangre «sucia», si por un lado es un signo indicativo de una feminidad inequívoca, por otro puede aumentar la fantasía de la menstruación asimilada a la orina o a las heces; la joven puede enfrentarse con una confusión geográfico-anatómica, por lo que la vagina es comparable a la uretra y al ano. Además, como ésta no se halla sometida al control de unos esfínteres y la menstruación es un flujo irreprimible, surgen las fantasías de imaginar la vagina como una cloaca, lo que puede acarrear la desvalorización del órgano y de sí misma como persona «inmunda», ya que es incapaz de «no ensuciarse», tal como le enseñaron de pequeña respecto a sus propias funciones orgánicas y, por lo tanto, se siente culpable de esta «falta».

Hay que decir que sobre la menarquía, la menstruación, el parto y la menopausia, se hace un esfuerzo por parte de muchas mujeres, especialmente entre las más cultivadas, para dar un significado positivo a estas importantes incidencias de la vida femenina.

La aparición de la primera menstruación (menarquía) es un momento básico, puesto que señala la existencia de la capacidad procreadora, del normal funcionamiento del propio cuerpo y, por lo tanto, de la salud. El rechazo de muchas mujeres hacia la utilización de los anticonceptivos hormonales se deriva de que el empleo de la píldora reduce el flujo sanguíneo. En un estudio de Gregory se señala que «tal vez aquellas que sufren mayores trastornos psicológicos consideran, paradójicamente, el simple impacto sensorial y el significado de la menstruación como una función de "anclaje" o de autodefinición»[6].

La verdadera importancia de la menstruación se establece, precisamente, en el momento de su pérdida. Esto se halla subrayado por la lástima que de sí mismas sienten las mujeres histeroctomizadas o las que ya han alcanzado la menopausia. La menstruación no es sólo un luto, «nido que se deshace» o el «útero que llora porque no tiene el bebé». Es también el signo positivo de ser mujer sana y potencialmente fecunda.

Si algunas mujeres se meten en la cama durante la menstruación, con mucha frecuencia es porque sólo de esta forma se sienten con derecho al descanso. Y si piden la abstinencia sexual, puede ser que utilicen este prejuicio para evitarse contactos desagradables.

Como ya hemos indicado antes, en estos últimos años «post-feministas» ha habido grandes modificaciones respecto a la actitud sobre las menstruaciones, sobre todo en lo que hace referencia a la actitud entre madres e hijas. Pero, en general, las noticias que llegan a las adolescentes sobre la vida menstrual sólo corresponden al mecanismo del ciclo. Cada vez aumenta la tendencia a informar a las niñas sobre lo que sucederá en la menarquía, es decir, a prepararlas para su primera menstruación. Sin embargo, aunque a las menstruaciones se les haya eliminado el carácter repulsivo, todavía se corre un velo sobre ellas. Ya no existe el silencio, pero la conversación tiene lugar en voz baja y en un tono entre afectado e higiénico, que da lugar a las siguientes reacciones:

«Hubiera sido mejor que mi madre no me explicara este asunto dándole unos aires muy lejanos, hablándome sólo sobre las causas y los datos científicos, muy alejados de mi realidad.

»La pérdida del revestimiento uterino era para mí una cosa totalmente diferente a la pérdida de sangre... Mi madre no comprendía porqué me hallaba tan trastornada y no lograba relacionar aquellos extraños dibujos de los órganos reproductores con la sangre que manchaba mis bragas»[7].

Pero, también existen algunas madres que dicen: «¡Enhorabuena, cariño! ¡Ya eres mujer!».

V. El ginecólogo

El ginecólogo es el médico de las mujeres.

Pero no sólo es el médico.

El ginecólogo es el confesor, el sacerdote, el enemigo, el amante idealizado, el curandero, el psicoanalista, el sexólogo.

En la penumbra de las iglesias, arrodilladas, susurrantes, se buscaba el perdón y la comprensión a través de la reja del confesionario: «Me he tocado», «He faltado a mis deberes matrimoniales», «He rechazado a mi marido», «He efectuado un acto contranatura», «He cometido actos impuros con mi novio».

En el consultorio del ginecólogo se entra como en el confesionario. Se ponen al desnudo, además de la parte más íntima del cuerpo, el alma, las emociones y los sentimientos. «Me he olvidado de tomar la píldora», «Tengo relación con un amigo de mi marido», «Mi marido dice que soy frígida».

Las costumbres han cambiado y con ellas las reglas morales que hacen referencia al sexo; pero como el cambio todavía está en marcha, las nuevas normas no resultan aún seguras ni estables.

En la Universidad nadie le dice al ginecólogo en ciernes que, en nuestra actual cultura, la medicina ha recogido la herencia de las funciones religiosas en todo aquello que concierne al sexo. De esta forma, sin saberlo, los médicos arrastran en sus estudios y en sus trabajos esa ideología, de acuerdo con la cual el sexo ha de ser mantenido bajo control, dado que es una fuerza peligrosa, sobre todo en lo que hace referencia a la mujer como protagonista. Es más: el ginecólogo es el delegado, custodio y sacerdote de estas ideas sobre el sexo.

Mientras las ideas sobre la moralidad dependieron del sistema teológico, es decir, fueron interpretadas por la religión, la iglesia decretaba las teorías sexuales, estableciendo que la mujer era un ser inferior; así, por ejemplo, la doctrina de su impureza durante la menstruación y el puerperio e, incluso, establecía cómo, cuándo y con quién podía hacer el amor.

En la era industrial se ha pasado de la visión del mundo exclusivamente en clave religiosa a una interpretación totalmente científica; o mejor, la «fe en la ciencia» ha acabado por convertirse en una nueva ética, una nueva religión y los que la dirigen son los nuevos sacerdotes.

También la ciencia se desarrolla y cambia de parecer, pero es a ella a quien se piden nuevas formas de conducta. En las universidades se enseña «cientificidad», lo que representa más fe en el progreso tecnológico, en los fármacos más sofisticados, en las instalaciones más automatizadas. Esta es la fe que los médicos se creen en el deber de trasmitir a sus pacientes, muchas veces con una actitud esquizofrénica.

Pregúntese a un ginecólogo: «¿Cuál es el mejor anticonceptivo?». La respuesta será: «La píldora», o bien, «El DIU, el dispositivo intrauterino». Pero cuando se insiste: «¿Pero usted qué es lo que utiliza?, ¿Qué le hace emplear a su mujer?», la respuesta es difícil. No. Ellos prefieren el tradicional preservativo o el aún más antiguo *coitus interruptus* (tan vituperado en los congresos científicos).

Una ginecóloga, cuando se le hizo esta misma pregunta: «¿Cuál es el mejor método anticonceptivo?» contestó: «¿Para quién?, ¿para mí o para mis pacientes?».

Estoy empleando la denominación de «ginecólogo», aunque el nombre exacto de la especialización es «Obstetricia y ginecología». Pero como cada vez se hacen menos niños y, en consecuencia, tienen lugar menos partos, muchas veces se prescinde de la primera parte.*

Durante milenios, los problemas de las mujeres y la medicación de sus dolencias han sido asuntos resueltos por sí mismas. Con periodicidad, tímidamente, los hombres han intentado penetrar en ese espacio, pero casi siempre han sido expulsados.

* Incluso la palabra «Obstétrico» no figura ya en los diccionarios, más que como aquello que forma parte del embarazo y el alumbramiento. (N. del T.).

La obstetricia, como asistencia al parto, era una relación de vecindad y la ayuda era proporcionada por las mujeres más expertas. La figura de la «comadrona» nace de ese contexto: «Se trata de un asunto entre mujeres».

Pero los avances de la medicina y los médicos han borrado esta imagen. En los Estados Unidos, a principios de siglo, los médicos lanzaron su ataque contra las comadronas, en nombre de la ciencia y de las reformas[1]. Las comadronas, ridiculizadas y vituperadas como incurablemente sucias, ignorantes e incompetentes, quedaron completamente relegadas. En Europa les fue mejor, puesto que las comadronas recibieron la instrucción necesaria, aunque más tarde sobre esta profesión ha gravitado la sospecha de excesiva competencia en el terreno sexual.

En los ayuntamientos italianos fue obligatoria la presencia de la comadrona municipal, institución que actualmente ha desaparecido, puesto que el parto se ha trasferido a las instituciones hospitalarias.

Pese a las continuas protestas y reclamaciones de las mujeres para lograr una forma distinta de nacer y de parir, solicitando la vuelta al parto «natural» en la propia casa, el parto continúa siendo un hecho psíquica y físicamente traumático por la soledad de la mujer en las estructuras sanitarias, por el excesivo uso de fármacos inductores[2] y de intervenciones quirúrgicas.

A los «obstetras», sin embargo, a causa del marcado descenso demográfico, los partos ya no les resultan tan rentables. Rinde mucho más la ginecología.

Es cierto que muchos psicólogos y psicoanalistas sostienen: «Los ginecólogos eligen esta profesión porque arrastran consigo conflictos no resueltos con las mujeres, empezando por su propia madre», pero después no se atreven a publicarlo y son muy escasas las investigaciones que se han hecho en este aspecto. Algunos, incluso entre los propios ginecólogos, argumentan sonriendo: «La verdad es que esta especialidad es la más sencilla y rápida para alcanzar el triunfo. Puede rendir tanto como la de odontólogo, sin necesidad de las costosísimas instalaciones que requiere la clínica de un dentista».

El creciente cuidado médico de la salud ha aumentado el ámbito de influencia del ginecólogo: la anticoncepción, el aborto, la esterilización, o sea, el no nacer, la prevención contra los tumores femeninos, la menopausia, la sexualidad.

La práctica médica se sitúa entre la biología y la política social, entre el misterioso mundo de la investigación científica y la vida diaria. Si la biología define el origen de la enfermedad, es el médico quien, después, expresa su juicio sobre quién está o no enfermo y el estar enfermo significa que las cosas no van bien, que la persona no se halla dentro de la salud y la normalidad.

Embarazo, parto, anticoncepción y menopausia no son enfermedades, pero son administradas por la medicina y esto confirma la imagen estereotipada existente en nuestra cultura, de que las mujeres son «naturalmente» débiles, en cierto modo enfermas y, por lo tanto, inferiores debido a su propio sexo. La visita ginecológica y la relación con el ginecólogo sobrepasan el sistema clásico de la comunicación entre médico y enfermo. El médico acaba por ejercer un control tecnológico sobre todo lo que hace referencia al sexo y la reproducción y a él acuden las mujeres pidiendo ayuda para liberarse de los miedos, tan abundantes en su vida privada. Pero a las preguntas y ansiedades que la mujer lleva a su consulta, el médico responde con actitudes y argumentos científicos, verdaderas defensas puestas en acción para no aportar nada personal a su relación con la paciente.

Que el médico pertenezca al sexo masculino o femenino no es un factor determinante, porque sucede, con cierta frecuencia, que una doctora no sea, a priori, una profesional intachable, aunque le resulte más fácil identificarse con sus pacientes en tratamiento. Es más, muchas veces para defenderse de esa identificación que la asusta, utiliza una reacción todavía más científica y prepotente, con frecuencia enmascarada por una actitud maternal. Olvida que ha elegido esta especialidad para conocer lo que ignoraba, lo que nadie le había dicho, porque «en mi casa de sexo no se hablaba». Myriam de Senarclens dice que para la mujer una consulta ginecológica representa «una secuencia fundamental en la tentativa de adquirir confianza en sí misma y en su propio cuerpo»[3].

Desgraciadamente, para su propietaria, incluso en la visita ginecológica, la vagina sigue siendo «la gran desconocida», y el útero «esa cosa enorme que tengo dentro de mi cuerpo».

«Las mujeres son verdaderamente extrañas» decía un ginecólogo en una convención; «se asustan mucho más por una vaginitis que por una pulmonía». En efecto, la vaginitis es una patología menor, comparable a un enfriamiento. Pero si un otorrino les dice: «Usted tiene una otitis», «Usted tiene una faringitis» o algo por el estilo, lo único que le interesa a la paciente es curarse y que se le prescriba la medicación más adecuada. Tal vez oiga; «¡Qué garganta más fea!» y su único temor será tener que someterse a una extirpación de las amígdalas. Pero si el ginecólogo exclama: «¡Qué vaginitis tan fea!» o declara: «Usted tiene un útero infantil» o «Usted no tiene nada», está hablando del útero que ha explorado por palpación, que le recuerda las láminas anatómicas que ha estudiado, la fea vaginitis se limita a ser una infección como la faringitis y el suyo es, simplemente, un diagnóstico clínico.

Pero como la consulta ginecológica es el intento que hace la mujer para adquirir confianza con la parte vituperada y desconocida de su propio cuerpo, las palabras del ginecólogo adquieren una resonancia muy especial. Son juicios sobre el valor de la persona en su totalidad.

Las palabras, una vez lanzadas al aire, cambian de significado entre quien las ha emitido y quien las recibe. Alejadas del contexto donde las sitúa el clínico, adquieren vida propia, un perfil que se fija en la mente. El útero infantil, la fea vaginitis no son enfermedades: es «mi cuerpo», «esa cosa de ahí», fea, infantil, anormal e inadecuada. «Aún soy más fea de lo que me imaginaba, infantil, anormal, más castrada que en el momento de mi nacimiento, agujero infame, yo y mi cuerpo».

Las palabras del ginecólogo no son sólo lenguaje técnico-científico, es la CIENCIA, que confirma la sospecha, el miedo y la angustia.

En toda consulta ginecológica existe un aspecto sexual, pero este hecho difícilmente lo aceptan los ginecólogos. Dicen: «Esto, para nosotros, es el trabajo. El sexo debe quedar completamente excluido». Pero para la mujer que ha acudido a la visita, el sexo existe.

Ya la forma en que la mujer ha de someterse a la visita es insólita y ambigua: repite la posición del coito, clásica en nuestra cultura, la «posición del misionero». La mujer tendida, supina sobre el dorso, con las piernas abiertas y elevadas, bloqueadas por dos estribos laterales.

«A mí me parece más normal que me visite un hombre». Se debe a que esa parte del cuerpo, no es suya. Es del marido, del amante, del ginecólogo, pero nunca suya. No le pertenece. Es una parte de su cuerpo destinada al macho. Es el hombre quien la utiliza, quien la «administra», si queremos emplear un término de negocios, incluso en el control de sus deterioros.

«Cuando me quedé embarazada hubiera podido ir a abortar a un médico a quien conocía muy bien y sabía que tenía mucha práctica y se trataba de una persona muy competente. En cambio preferí hacerlo en un grupo de feministas, en las que no confiaba demasiado, pero que, en compensación, me hacían partícipe de lo que veían y de lo que hacían. Lo que me molesta no es la visita ginecológica en sí. No tengo problemas para desnudarme y dejarme ver. Lo que me apura es la pasividad y la impotencia. Me siento aniquilada.

»Empiezo a sentirme a disgusto ante la visita quince días antes, cuando pido hora. Entro sudando, con una mano helada y la otra ardiendo, el corazón se me sube a la garganta. El doctor me dice: "¡Relájese!", pero, ¿quién es capaz de ello? El está allí, completamente vestido: camisa, chaqueta, corbata y bata. Yo estoy casi desnuda. He tenido dos hijos, pero todavía no me he acostumbrado».

Cuando las feministas californianas del «Women's Healt Center» de Los Angeles abrieron una clínica, buscaron ginecólogos ideológicamente bien dispuestos. Como condición para su admisión solicitaron de los médicos que se tendieran en la mesa de reconocimiento ginecológico en la misma postura en la que se deben de colocar las mujeres que ellos visitan. «Nunca hubiéramos pensado que era tan tremendo» —comentaron los ginecólogos— «ahora nos parece contemplar la paciente visitada bajo un punto de vista radicalmente distinto».

«Muchas mujeres, podríamos decir que demasiadas mujeres, mueren debido a enfermedades que atacan órganos que ellas han ignorado, prácticamente, durante toda su vida: el cuello del útero, la vulva, la vagina y el útero. Este inconveniente, en parte, es originado por el establecimiento de un diagnóstico tardío en enfermedades susceptibles de curación, que se han iniciado de forma banal. Y el diagnóstico tardío está provocado por un oscurantismo, convertido en falsamente respetable, bajo el nombre de "pudor"»[4].

La vergüenza y el pudor los sufren, generalmente, las mujeres culturalmente más atrasadas y/o las pertenecientes a generaciones que han sido atormentadas por la represión sexual.

No se acude al ginecólogo para no desobedecer la orden: «Lo que tienes ahí es sólo para tu marido». Y, en este caso, ya suele existir un marido que ha vivido y actuado como propietario y opresor del cuerpo de su esposa.

Cuando estas mujeres se ven obligadas, por la necesidad, a someterse a una visita ginecológica, miran al médico como si se tratase de un violador o de un invasor.

«He de hacerlo, tengo que hacerlo por mi salud. Siempre me han dicho: "Siéntate correctamente, con las piernas juntas", "No te levantes las faldas"... Y ahora estoy aquí, con las piernas abiertas y sin bragas.»

«Que sea un hombre o una mujer quien me visite, me resulta indiferente. Es el ser penetrada, con el espéculo o con las manos que hurgan en mi interior.»

Algunas mujeres cierran los ojos y crean una barrera con la falda, entre la parte «superior» y la «inferior».

«Cuando me visitan, me muero. Me parece

que voy a desmayarme. Me digo que estoy en otro sitio, que allí solamente está mi cuerpo».

Estos son mecanismos de defensa esquizofrénica. Para defenderse y poder sobrevivir a la visita ginecológica, interpretada como una violación, se separa la parte inferior del cuerpo de la superior; e, incluso, se llega a pensar: «Una cosa soy yo y otra mi cuerpo, que nada tiene que ver conmigo».

«"Usted tiene una monilia, un tricomonas". Me siento un monstruo. Hasta la cintura soy una mujer; de la cintura para abajo me he convertido en un animal horrible.»

El sexo queda borrado, la parte inferior del cuerpo ya no es humana, se animaliza. «Llevo dentro animales terribles». La vagina y sus anexos se convierten en el animalillo que ha descubierto el microscopio. En el subconsciente se efectúa la metamorfosis que ha trasformado la figura femenina en los monstruos de la mitología griega. Se convierte en la mujer-serpiente, en sirena alada, en arpía. La culpa de estas fantasías no se debe únicamente a los recuerdos subconscientes de la mitología griega, ni a los arquetipos de Jung. Las infecciones genitales, no sólo las llamadas «venéreas» importantes, tal como la sífilis o la blenorragia, se trasmiten también a los hombres. Es más; muchas veces, los hombres son los trasmisores inconscientes de estas infecciones que, en cierto modo, podríamos llamar «apolíneas». Sin embargo, aunque sea la pareja la que acude al médico, por lo general los análisis sólo se hacen a la mujer, actitud que contribuye a hacerlas sentirse culpables. Hay que añadir que, muchas veces, los médicos se olvidan de prescribir un tratamiento para el compañero, de forma que la mujer que se cura vuelve a infectarse, motivo por el que muchas enfermedades vaginales parecen no tener fin.

Otras veces, el ginecólogo se convierte en el amante idealizado. «El sí que debe conocer bien a las mujeres... ¡Ve tantas! Conoce nuestros problemas, nuestros verdaderos deseos. Me gusta cuando sus dedos me entreabren los labios para introducir el espéculo. Sabe dónde han de situarse las manos para acariciar. No es como mi marido, que llega y quiere follar, sin siquiera acariciarme».

Las manos, los ojos del ginecólogo representan un goce negado en otro sitio. Una mujer que piensa así no es capaz de darse una satisfacción, de buscar otro hombre. Acude con frecuencia al especialista, sin quejarse de nada en concreto, para exhibir su sexo como objeto de deseo, con la esperanza de seducir al médico; pero, probablemente, él reacciona con irritación o, algunas veces, aconsejando una intervención quirúrgica punitiva.

«La autoridad, el conocimiento, las posibilidades que se le atribuyen de poder superar los tabúes de la vida y de la muerte, convierten al médico en un ser poderoso»[5]. Pero ante el poder se adopta siempre una postura ambivalente, entre el amor y el odio: «Te odio porque te necesito, porque dependo de ti. Tú sabes lo que tengo. Tú lo sabes todo. Dime que no es una cosa fea, sucia y hedionda. Te necesito y por eso te odio.»

El hombre de la bata blanca tiene como misión

mirar y tocar aquella parte de su cuerpo que ella misma no se ha atrevido nunca a mirar y, tal vez, ni a tocar.

La mujer tiene mil y un motivos para justificar la visita ginecológica, pero para ella más importante que comprobar su estado de salud es la definición de su identidad. Cuando pregunta: «¿Cómo estoy?», en realidad quiere decir: «¿Cómo estoy hecha?», «¿tengo la vagina demasiado ancha o excesivamente húmeda?», «¿puedo tener hijos?», «¿soy suficientemente femenina?»

Sobre todo en las jóvenes, cuya personalidad todavía es incierta, estas preguntas inesperadas se hallan siempre presentes. La ginecóloga suiza Myriam de Senarclens dice: «... no parece existir mucha diferencia en la actitud frente al médico de una muchacha segura y desenvuelta con la de otra inhibida. Hablen del miedo a la píldora, a las enfermedades venéreas, de su temor ante el embarazo, todas demuestran la misma actitud dubitativa, los mismos problemas respecto a su identidad sexual.»[6]

Al salir de la consulta se va acompañada por la desilusión, la insatisfacción y la rabia. Pero como el problema no ha quedado resuelto, volverá a plantearlo la próxima vez. De nuevo preguntará: «¿Quién soy yo?», «¿cómo estoy hecha?», bajo las fórmulas del: «¿Cómo me encuentra?», «¿de qué adolezco?» El ginecólogo, sin comprender nada, responderá a la pregunta escuetamente. Y el ciclo se reinicia.

Si no existe una respuesta y una solución adecuada, es por que la pregunta no ha sido bien planteada.

Si, en cambio, se pregunta o se comprende que el interrogante es: «Según usted, doctor, ¿soy un monstruo?», «¿soy despreciable?», «¿soy distinta a las mujeres normales?», «¿mi útero está en condiciones de engendrar hijos?», entonces las contestaciones podrán ser, tal vez, erróneas en el aspecto de la diagnosis científica, pero muy exactas respecto a lo que verdaderamente se quiere saber.

VI. Sufrir

Las mujeres enferman mucho más que los hombres del aparato sexual reproductor.

Muchos médicos sostienen que esto se debe a la mayor complejidad del aparato reproductor femenino. Sin embargo, no explican la razón de que, por ejemplo, los hombres sufren con mayor frecuencia de úlceras de estómago. También las mujeres tienen un estómago y lo utilizan, pero se les ulcera en menor proporción que al hombre, mientras ellas enferman con más frecuencia en los órganos sexuales. Las mujeres, muy a menudo, parecen vivir en una situación límite entre la fisiología y la patología; resulta casi imposible trazar una clara línea divisoria entre la salud y la enfermedad.

Es cierto que desde los tiempos de Hipócrates la mujer está considerada como una enferma permanente; incluso la medicina actual (que influye en el concepto que la mujer tiene sobre sí misma) muestra tendencia a tratar el embarazo y la menopausia como enfermedades, la menstruación como un desorden crónico y el parto como un proceso quirúrgico.

Incluso Gerard Zwang, cirujano y sexólogo, continúa viendo a la mujer como Hipócrates, y con su pintoresco lenguaje se refiere de esta forma a la limpieza de sus genitales: «Bajo este punto de vista, el sexo de las mujeres siempre está algo enfermo. Su capacidad retentiva no está garantizada; el esfínter uretral femenino no siempre está dispuesto "a toda prueba". Puede presentar cierta debilidad ante la risa o el estornudo y regalar a las braguitas un discreto llanto urinario»[1].

En efecto, esta imperfección se ha registrado en gran parte de la población femenina. A la pregunta: «¿Os habéis mojado las bragas tras haber efectuado un esfuerzo?», más del 50% de las estudiantes comprendidas entre los 15 y los 25 años, preguntadas en una encuesta efectuada en la Universidad de Palermo[2], respondieron afirmativamente.

Este fenómeno, que no es ciertamente patológico, resulta muy embarazoso para las mujeres que lo sufren y se manifiesta ante la menor fatiga, como un tosido o al subir al autobús. Se mojan, más o menos, pero eso no se cuenta, se siente por ello una secreta vergüenza; sólo se confía al médico cuando la incontinencia se convierte en demasiado visible.

¿Pero por qué el esfínter vesical de las mujeres es tan débil? La vagina está rodeada por los músculos del diafragma pélvico y se contrae gracias a ellos. La vagina tiene su entrada en el perineo (la zona que va desde el clítoris al ano) y los músculos pélvicos o perineales sirven de apoyo a todos los órganos que se hallan en el interior del perineo: la vejiga, el útero y el recto. Los músculos pélvicos son los que hacen funcionar los correspondientes esfínteres, uretral y anal, que rodean la vagina.

Cuando los músculos pélvicos ceden, disminuye también la eficiencia de los esfínteres y los órganos internos ya no logran mantenerse en su debida posición. Los pélvicos, como todos los restantes músculos, se hallan condicionados por la edad, por los esfuerzos que hayan tenido que soportar y por la manera que se haya mantenido en mayor o menor actividad y en forma.

Pero dado que su movimiento involucra la vagina y provoca sensaciones sexuales, prohibidas por nuestra cultura, su existencia es ignorada y, por ello, no se ha enseñado a utilizarlos ni a desarrollarlos.

La ignorancia, la eliminación y el miedo a las reacciones sexuales, se hallan en la base de la patología de los músculos del diafragma pélvico: la atrofia y la relajación por una parte, el hipertono por la otra. La falta de conocimiento sobre estos músculos origina consecuencias, tanto en la patología obstétrica, ginecológica y urológica, como en lo que concierne al placer sexual.

La consecuencia más frecuente de la relajación de los músculos pélvicos es el prolapso uterino. El útero desciende por la vagina y cuando este prolapso llega al máximo se ha de recurrir a la cirugía para volver a situarlo en su lugar; pero, con mayor frecuencia, este problema se presenta en el ocaso de la actividad reproductora, cuando el útero es considerado ya por muchos médicos como un objeto superfluo, y es eliminado.

Uno de los signos de deterioro de la musculatura pélvica y de su desmoronamiento es, precisamente, la deficiencia del esfínter vésico-uretral. Para decirlo con mayor claridad: la mujer se hace pipí cuando lleva a cabo un esfuerzo. Las mujeres que han parido están afectadas en mucha mayor proporción. En las investigaciones hechas en Palermo, a las que ya nos hemos referido, se ha comprobado que una mujer de cada siete, que haya parido uno o más hijos, se halla afectada de una forma realmente patológica. Esto explica la gran venta de absorbentes «para todos los días».

Naturalmente, como ya hemos dicho, cuanto más se envejece más se agrava el problema, puesto que los músculos sufren un mayor relajamiento. El fenómeno puede explicarse por que el parto traumatiza la musculatura pélvica. En esos momentos la mujer, asustada, es incapaz de controlar dichos músculos y sufre laceraciones con la expulsión del niño.

Pero si esta patología se halla en continuo aumento, pese a que las mujeres tienen menos hijos que en épocas pasadas, es debido al excesivo empleo que se hace de fármacos inductores del parto. Los médicos ya no tienen la misma paciencia que antes. En realidad, se necesitan horas para que los músculos se distiendan, con el ir y venir de la cabeza del niño, que aprieta sobre el plano perineal repetidamente, dilatando progresivamente los músculos hasta lograr encontrar una salida.

Con los fármacos inductores, en cambio, el periodo de dilatación de los músculos se apresura en gran manera, sin darles tiempo a distenderse por sí mismos, lo que muchas veces provoca su laceración. Laceración que, en gran número de casos, es interna, pasa desapercibida y, en consecuencia, no se repara. Pero, como hemos visto, incluso mujeres jóvenes que no han parido padecen ya incontinencia urinaria menor. Esto se debe a la atonía de los músculos pélvicos, casi atrofiados por la falta de ejercicio.

El ginecólogo Rubino atestigua que las mujeres de color, visitadas por él en los hospitales africanos, tienen funcionamientos vesicales y uretrales perfectos, aunque hayan parido mayor número de hijos que las blancas. En ellas, el prolapso tiene incidencia mucho más reducida, porque los músculos perineales se hallan mucho mejor desarrollados[3].

Hasta ahora, la única solución a esta incontinencia urinaria debida al esfuerzo era la quirúrgica, para situar en posición normal la vejiga y la uretra. Pero esto no elimina las causas que han provocado el deslizamiento, lo que también puede aplicarse al útero. En efecto, se ha podido observar que con frecuencia, al cabo de pocos años de efectuada la operación, se repite el proceso de deslizamiento de los órganos. En resumen; nos hallamos de nuevo en el punto de partida.

Algunos médicos se han dado cuenta de ello y prescriben a las pacientes que sufren de prolapso la gimnasia perineal, precisamente para reforzar la musculatura.

El primero que inició esta terapéutica fue el ginecólogo Arnold Kegel y de su práctica dedujo que muchas disfunciones sexuales femeninas se resolvían devolviendo el tono muscular; y que la debilidad, la falta de uso, la hipotonía o la fibrosis de los músculos vaginales, contribuyen a la incapacidad para el orgasmo.

Referente a este aspecto, el doctor Rubino nos dice: «Es interesante notar que de 45 pacientes a las que he pedido que contrajeran los músculos vaginales, como para retener la orina o interrumpir la micción, sólo 8 fueron capaces de hacerlo. Resulta extraordinario ver cómo las mujeres poco a poco, con sorpresa, y yo diría con euforia, aprenden el uso de estos órganos que les eran desconocidos. Un efecto secundario ha sido el de que, entrenándose en esta gimnasia, también ha mejorado su sexualidad». Sobre los efectos de la musculatura vaginal, la sexóloga Hellen Kaplan se expresa de la siguiente forma: «... esta teoría parece lógica, desde el momento en que el orgasmo es, precisamente, una reacción muscular; un elevado número de ginecólogos y de terapeutas sexuales han añadido al régimen terapéutico de los problemas orgásmicos un examen de los músculos vaginales y los correspondientes ejercicios»[4]. En efecto, si movemos voluntariamente el músculo de un brazo, lo sentimos y somos conscientes de ello en el momento en que lo movemos. El descubrimiento de la posibilidad de movimiento y contracción de los músculos sexuales es una forma de descubrir o acariciar el sexo.

Estas sensaciones, que no significan necesariamente «excitación sexual», finalizado el coito o el orgasmo, son una percepción de la existencia de los órganos genitales y de su vitalidad. Cuando después, bajo otros estímulos eróticos, una mujer contrae la musculatura perineal, la sangre afluye a los tejidos vaginales, haciéndolos más turgentes y aumentando su lubrificación.

El ejercicio de los músculos es, por lo tanto, aconsejable en aquellas mujeres que se lubrifican lentamente o en forma escasa, pese a las estimulaciones eróticas, y está especialmente indicado para las mujeres después de la menopausia, cuando se lamentan por tener la vagina «seca».

Pero cuando la vagina carece de tonicidad, es inactiva, incapaz de estrecharse o de ensancharse, recibe y provoca escasas sensaciones y muy pocos estímulos eróticos.

La vagina pasiva, inmóvil, con los músculos flácidos, representa la resignación física y las respuestas a las exhortaciones de la infancia; «No has de sentir nada ahí», «no goces». Los mensajes negativos se hallan en la base de esta limitación vital, que se convierte en somática.

Por otra parte la vagina contraída parece ser la respuesta a los mensajes: «No te fíes», o «ten cuidado de no dejarlo entrar». La tensión muscular en este área se puede producir frente a determinadas situaciones particulares, ocasionales, o de una forma continua.

La situación más frecuente de tensión y contracción vaginal es la que se produce en el vaginismo, donde la vagina se contrae, con gran fuerza, para oponerse a la entrada del pene (aunque se trate del hombre amado), por lo que la penetración se hace imposible y muy dolorosa.

No obstante la permisividad sexual de hoy día, aún existen numerosas mujeres que presentan casos de vaginismo; todavía persiste una gran fobia hacia el pene.

Estos casos característicos, tratados por mí, pueden proporcionar ulteriores informaciones de la forma en que reacciona el cuerpo a los mensajes recibidos durante la infancia.

La llamaremos *Luisa.* Una mujer pequeñita, morena y vivaracha que me expone, directamente, su problema sobre el vaginismo: «Tengo cuarenta años y hace quince que estoy casada; pero como no soy normal, nunca he logrado tener una relación normal». Cuando le pregunto lo que para ella significa «normal» me contesta que no ha logrado jamás dejarse penetrar por su marido; y por eso tiene miedo de que él se busque otra mujer.

Su marido, *Francisco,* la mira con dulzura y dice: «Yo no te dejaré nunca, porque te amo y las demás mujeres no me interesan».

En realidad tienen una vida erótica y sexual muy feliz. Se gustan mucho, se miran a menudo a los ojos y no tienen inhibiciones para satisfacerse mutuamente. Luisa goza con las caricias clitorídeas y externas, con las que alcanza el orgasmo. Francisco eyacula frotándose contra el cuerpo de ella o por la estimulación oral. Me parece que las relaciones entre Luisa y Francisco son óptimas, tanto desde el punto de vista del intercambio o de la comunicación, como en las caricias físicas.

Han intentado practicar el coito, pero Luisa siente terror a que algo pueda penetrarla y su vagina permanece cerrada. Pese a ello, hace diez años quedó embarazada, pero cuando parió a su niña el médico tuvo que anestesiarla, porque ni siquiera en esa ocasión se sentía capaz de dejarse tocar por el ginecólogo.

La forma en que hay que proceder en estos casos es inducir a la mujer a familiarizarse con esa parte de su cuerpo, que ella considera desagradable y hostil, pero sobre todo desobediente, por lo que se halla cerrada, bloqueada, inaccesible. Animo a Luisa para que en su casa contemple su vulva en un espejo y compare la semejanza de sus labios vaginales con los del rostro, ya que ambos están formados por el mismo tejido: las mucosas. Le explico cómo está hecho el interior de la vagina, cómo funciona bajo la excitación, cuándo aumenta de tamaño para permitir la entrada del pene, proporcionándole mayor espacio, lo mismo que ella tiene el poder de estrecharla, apretando los músculos, como lo hace. Le propongo a continuación los ejercicios que debe de hacer en casa, tocándose con un dedo el interior de la vagina.

La impresión que me produce cuando me

cuenta que ha efectuado estos ejercicios, es la misma que me daba un conocido mío, que comía las almejas con tenedor y con cuchillo para no mancharse los dedos.

Con el tiempo, Luisa adquiere mayor confianza con lo que ella llama «mi patatita». Con una mezcla de emoción y guasa, entremezclados aún con mucho miedo, Luisa parece haber llegado a un buen punto, pero en el momento de intentarlo vuelve a ser víctima del terror. Repite: «Es demasiado grande, me hará daño». Su fantasía le hace creer que será desfondada y lacerada, aunque su esposo sea un hombre sin agresividad en quien confía completamente, según dice.

Profundizando las indagaciones, Luisa recuerda un episodio de su infancia. Tenía once años cuando encontró en su casa un cuaderno escrito por su madre, dejado al caso, con la probable intención de informarla sobre el asunto sexual, sin necesidad de explicárselo directamente con palabras. «Me causó mucha impresión» dice Luisa «porque allí estaba escrito que el pene medía unos 20 centímetros de largo» (un tamaño superior a la media normal). Le digo a Luisa que me muestre lo que para ella son 20 centímetros, y ella extiende las manos, separándolas casi medio metro. Esta imagen mental del pene la ha conservado desde que tenía once años: «Un palo capaz de destrozarme» y entonces Luisa decidió: «No dejaré jamás que un pene me penetre, porque me moriría».

La reacción de la pequeña Luisa no era más que una forma de defenderse para poder sobrevivir frente a un pene desorbitado. Por lo tanto, una decisión coherente con su edad y con la información que había captado, y que continuaba gravitando sobre su presente.

En todas las edades las personas diariamente adoptan decisiones, usando de su razón; pero las reacciones de un ser adulto se hallan adecuadas a una situación específica y cambian si intervienen factores nuevos. Incluso un niño muy pequeño puede tomar decisiones frente a una determinada situación que se le presente y reacciona ante un mensaje. Pero los niños disponen de escasos datos y son incapaces, debido a su limitada experiencia de la vida, de hallar las soluciones adecuadas. Además los niños fantasean, inventan e interpretan, decidiendo y dándose a sí mismos las direcciones de vida que formarán la base de su completa personalidad.

Luego pasa el tiempo y sucede que la razón de muchas decisiones permanecen sepultadas en la memoria, fuera del consciente, pero aún activas en el presente, aunque ya no resulten adecuadas, aunque no sean ya necesarias, aunque, por el contrario, resulten limitadoras para su vida actual.

Ahora Luisa ya es mayor, sabe que un pene no es tan grande como ella había imaginado y puede volver a tomar la decisión de aceptarlo o no. Este es el poder que tiene, lo mismo que de niña tuvo el poder de rechazarlo para defenderse. Algunas veces tiene todavía un poco de miedo cuando hace el amor con su marido. Pero cuando recuerda la vieja imagen ha aprendido a decirse: «Esto no es un palo que me hiere; es mi marido, que me gusta y que me ama».

El caso de Luisa es ejemplar, porque nos habla de una educación sexual: la que le dio su madre, indicando las dimensiones del pene (algo exageradas respecto a las normales), pero no se le advirtió que la vagina se dilata con la excitación y es extremadamente elástica. Esta es la forma de impartir la educación sexual en la forma corriente. Se olvida de describir la capacidad vaginal de movimiento y extensibilidad, frente a un pene que cambia sus dimensiones con la erección.

En este caso, el miedo se expresa sólo sobre la supuesta enormidad del pene, enfrentándolo con la vagina, sentida como un órgano pequeño, inmóvil y vulnerable.

Teresa. A raíz de una desilusión amorosa, Teresa ha decidido que la fidelidad y la monogamia no valen la pena. ¡Es más!, su chico se ha ido con otra, con la que ya hacía mucho tiempo tenía una historia, sin que ella lo supiera. Como reacción a la depresión natural que sigue al abandono, lleva una vida «sexualmente libre». Muy cuidadosa de la higiene, se ha encontrado que sufría una vaginitis. Pese a la visita ginecológica, a un exhaustivo análisis de las causas que hubiesen podido provocar la infección, a una obediente terapia farmacológica, trascurridos seis meses Teresa continúa sintiendo que su vagina se halla inflamada y dolorosa. Cuando acude a mi consulta se lamenta conmigo de su estado, que le impide tener relación física con el hombre del que ahora está enamorada. Investigando sobre su pasado, me explica que hizo el amor con tres hombres distintos en el plazo de una semana.

Teresa lo cuenta riéndose, pero con esa risa poco alegre, que enmascara la tristeza de no poder tomarse demasiado en serio.

—¿Te has sentido un poco puta? —preguntó.

—No... —responde con cierta duda—. Yo creo en la libertad sexual y en el hecho de que se pueden tener relaciones sólo porque te va bien, sin necesidad de que intervengan grandes sentimientos.

Pero una cosa son las ideologías y otra el tener que rendir cuentas a la educación y a los condicionamientos que se han recibido. Al cabo de una semana, Teresa me dice que su vaginitis ha desaparecido. «Reconozco que tenías razón. Tres hombres en una semana son demasiados para mi educación. Mis padres querían que llegase virgen al matrimonio». Teresa se ha castigado por la culpa cometida, precisamente en la vagina, el órgano culpable de su desobediencia.

Cuando una parte de nuestro ser (esa que la mayoría de las veces llamamos el «inconsciente») no encuentra el camino de la aceptación para poder expresarse, hace hablar al cuerpo. El síndrome, la enfermedad, son lenguajes utilizados por ella y este fenómeno es de tipo «psicosomático». La somatización, por tanto, no es un invento: dolores, infecciones y molestias son reales y se producen debido a tensiones musculares.

Si el vaginismo es una tensión muscular para defenderse de la penetración, también existen tensiones continuas.

Algunos estudios del ginecólogo Perry[5] han demostrado que las mujeres con tensiones continuas en los músculos pubo-coccígeos sufren frecuentes infecciones vaginales y cistitis. En efecto, la tensión crónica provoca alteraciones en la irrigación sanguínea, haciendo que los tejidos sean más sensibles a las infecciones. Las mujeres describen muchas veces la tensión continua de estos músculos como un dolor en el bajo vientre. Algunos investigadores romanos han descubierto que las mujeres afectadas por alguna patología ginecológica, tienen muy contraídos los músculos pélvicos y que estas contracciones se presentan, sobre todo, en la parte izquierda[6].

Dado que la parte izquierda del cuerpo se halla gobernada por la parte derecha del cerebro, que es la que actúa sobre el sector de las emociones, mantienen la hipótesis de que esa patología se deriva de problemas emotivo-afectivos.

Muchas veces, el dolor es la única forma en que un órgano puede señalar su presencia. Se puede llegar hasta el punto de sentir la existencia sólo a través de los propios sufrimientos. De esta forma, el sufrimiento y la enfermedad obligan a tener una relación directa con esa parte prohibida y oscura.

VII. Crítica de la vagina

Por medio del lenguaje, la cultura ha tergiversado completamente la capacidad vaginal de recibir el pene, por lo que se dice que el hombre que penetra en el interior de la mujer, la «posee», o con mayor frecuencia que la ha «tomado» o «cogido».

En realidad, es la mujer quien posee, toma o acoge al hombre en el interior de su vagina.

En el lenguaje vulgar, lo que sobre todo destaca es la idea de introducir, de meter dentro: montar, joder, follar, tirar, todas acciones que implican un movimiento masculino activo sobre una mujer pasiva; y para designar el pene se recurre a nombres de instrumentos, armas o animales muy móviles.

¿Por qué, en cambio, se atribuye la actividad al pene (y al macho) y la pasividad a la vagina (y a la mujer)?

Esencialmente existen dos motivos: el primero es que *el pene presenta una erección visible.*

Bajo el estímulo de la excitación sexual, los cuerpos cavernosos se llenan de sangre y el pene se hace eréctil. Este fenómeno del pene, que de pequeño aumenta su tamaño, se hincha, se levanta y cambia de forma notable sus dimensiones, tiene algo milagroso. El pene es un órgano móvil en su mecanismo erectivo. Todo esto es evidente ante los ojos de un observador o, mejor dicho, de una observadora, por muy ignorante e inocente que sea.

Pero lo mismo que los genitales masculinos reaccionan ante el estímulo sexual, la reacción de los genitales femeninos no puede pasar desapercibida ni a la vista ni a las manos de quien tenga conocimiento y experiencia.

Master y Johnson fueron los primeros que efectuaron cuidadosas investigaciones de laboratorio sobre la reacción sexual[1] y han observado y registrado, mediante un pene de plástico, dotado de un instrumental especial, las reacciones fisiológicas intravaginales, con el fin de averiguar lo que sucede en la parte interna de la vagina. Numerosas mujeres fueron invitadas a masturbarse y excitarse de diversas formas para poder apreciar las diferencias.

Los resultados observados fueron que, sea cual fuere la forma en que la mujer se excite, los labios menores de la vulva se llenan de sangre, se hacen turgentes, adquieren mayor volumen, longitud, color y calor. La primera respuesta femenina ante la estimulación sexual de cualquier tipo es, sin embargo, la lubrificación vaginal. La mujer siente la sensación de mojarse, porque la vagina, a causa de la congestión sanguínea que se concentra en sus paredes, trasuda gotitas de una especie de sudor, aunque en realidad se trata de una sustancia vaginal y mucosa. Con el aumento de las tensiones, las gotitas se reúnen hasta formar un revestimiento reluciente y liso a lo largo de todo el conducto vaginal. Cuanto mayor es la excitación, más aumentada aparece la lubrificación.

Esta secreción sirve para favorecer el coito.

La reacción sexual femenina, en efecto, acaba por trasformar el espacio potencial de la vagina, cerrado y seco cuando se halla en estado de reposo, en un receptáculo abierto, oleoso, apto para la introducción y el deslizamiento del pene.

La lubrificación vaginal corresponde a la erección del pene, o sea, es una respuesta a la excitación.

Si más tarde no se produce el orgasmo, esto ya pertenece a un ámbito distinto. La cavidad vaginal reacciona en forma muy diversa, según se trate de la zona superior o la inferior. Los dos tercios superiores de la vagina se extienden, la vagina se dilata y tiene lugar una reacción interna. Dicho más claramente: la vagina se invagina.

La vagina no estimulada de una mujer que no haya parido nunca (nulípara) tiene una longitud variable, que oscila entre los 7 y 8 centímetros que, con la excitación se convierten en 9,5 a 10,5 centímetros. En su tercio superior, donde se halla situado el cuello del útero, que en condiciones de no estimulación mide alrededor de unos 2 centímetros, puede llegar a medir hasta 5 ó 7 centímetros.

Hasta aquí hemos llegado a la fase de «lubrificación-turgescencia», análoga a la erección masculina; y ninguna de estas dos reacciones se halla sometida a un control voluntario. La excitación sexual, de hecho, es una reacción corporal automática, provocada por sensaciones incitantes. Ningún hombre puede decirle a su pene: «¡Levántate!», mientras puede mover la mano por su propia voluntad. De la misma forma que si no se está triste, o no se tiene una cebolla a mano, nadie logra echarse a llorar por efecto de su voluntad; tal vez consiga recordar una emoción que le provoque el llanto, pero estas lágrimas serán, lo mismo que la respuesta fisiológica sexual, una reacción involuntaria del organismo ante ciertas situaciones excitantes.

Veamos, en cambio, cuáles pueden ser las actividades voluntarias de la vagina. La vagina posee músculos que pueden distenderse o contraerse a voluntad. Pero se necesita conocer la existencia de estos músculos para poder utilizarlos. Y también estos, como todos los músculos, hay que ejercitarlos para que puedan tener un funcionamiento eficaz.

En Occidente este conocimiento es una excepción.

Existen, en cambio, mujeres africanas que se exhiben en locales nocturnos de la Costa de Marfil, capaces de fumarse un cigarrillo con la vulva; y me ha sido referido otro espectáculo en que, por el mismo sistema, recogían una monedita colocada verticalmente en el suelo.

Sin embargo, en la cultura occidental, la vagina continúa siendo un agujero y la posición considerada «normal» para el coito es la que establece que la mujer ha de permanecer supina e inmóvil, mientras el hombre la «penetra».

Las mujeres han permanecido inmóviles desde la antigüedad; ya en el siglo I a. J.C., Lucrecio desaprobada enérgicamente «los movimientos de la hembra» que de acuerdo con su criterio, podía impedir la concepción. «Por sus motivos personales» escribía «las putas acostumbran a mover el trasero, con el fin de no concebir y, al mismo tiempo, hacer que Venus sea más atractiva para los hombres. Naturalmente, de esto nuestras esposas no tienen ninguna necesidad».

Comentario masculino, aún hoy vigente en ciertas esferas: «La mujer que mueve las ancas o es una puta o poco le falta».

«No menees el culo... ¿quieres parecer una de esas?» Esta es una advertencia que oyen con frecuencia las futuras mujeres, las jóvenes que están creciendo. Con el espectro de la marginación al mundo de la prostitución, son muchas las limitaciones que se le imponen a la mujer occidental durante su desarrollo.

El antropólogo D. S. Marshall, que ha estudiado el comportamiento sexual en la isla de Mangaya, en Polinesia (donde se preocupan en dar una cuidadosa instrucción a los adolescentes para que sepan proporcionar orgasmos y placer a las mujeres) explica que para el mangayano «el seno, los tobillos o las piernas son elementos estéticos secundarios; lo que cuenta es la capacidad de su futura pareja para contonearse. Y es precisamente este factor lo que proporciona gran importancia a las danzas indígenas. Porque de la forma en que la mujer mueve las caderas bailando, el hombre deduce su habilidad para ejecutar los mismos movimientos durante la cópula[2].

Por esta razón «los mangayanos que han tenido contactos con mujeres no polinesias; por ejemplo, con neozelandesas de origen europeo o con las de Nueva Caledonia, las definen como "muertas" en el aspecto de compañeras de cama»[3].

De ello se desprende la imagen de una mujer en posición supina, abierta de piernas, la pelvis inmóvil, los músculos de la vagina atrofiados, mientras el hombre «se la tira». En verdad, representa la imagen de una mujer muerta, al servicio de un hombre necrófilo.

En Occidente se ha confundido la receptividad con la pasividad, cuando la vagina es receptiva, no pasiva. Se puede recibir de muchas formas: existe el modo inmóvil, que recuerda la pasividad y es la forma de soportar la intrusión y el huésped. Pero también se puede recibir aferrando el objeto: la vagina que acoge el pene, lo absorbe, lo acaricia, lo abraza, elige el placer, apretándolo o aflojando la presa.

Una diferencia entre los hombres y las mujeres estriba en que los hombres pueden introducir el pene en una vagina (y, eventualmente, provocar la fecundación) sólo si se encuentran excitados sexualmente; es decir, si su pene se halla en estado de erección. Pero en el Tao del amor se enseña, también, la penetración «blanda». La excitación masculina es evidente. La excitación femenina, en cambio, no se muestra tan clara, como el pene a la vista; tampoco le es fácil acoplarse con un pene en reposo. En realidad, si el pene se halla en erección y la mujer no se encuentra excitada y lubrificada, la penetración es dificultosa, dolorosa o, por lo menos, no agradable para el hombre. Pero muchos parecen ignorarlo, no son capaces de distinguirlo y esto podría considerarse como la existencia de una extensa insensibilidad (¿o frigidez?) masculina.

Sea por una efectiva carencia de evidencias y conocimientos sobre las dinámicas vaginales, o porque en realidad las excitaciones femeninas han sido históricamente desanimadas o prohibidas, el pene siempre es ilustrado y explicado en dos situaciones: la de reposo y la de erección, en contraposición a una vagina siempre igual a sí misma: inerte, estable, inmóvil y por eso sustancialmente pasiva. Y eso cuando se la explica «científicamente», cuando se dan informaciones sobre ella.

Esta negación de vida y toda esta atribución a la vagina de un papel puramente pasivo, ¿no es una de las formas de exorcizar el temor, el miedo y la amenaza? La realidad desmiente la creencia sobre su inercia.

El pene, en cambio, no ha quedado reducido simplemente a un órgano eréctil; se ha convertido en «miembro viril», como los brazos o las piernas, sometidos al control de una acción voluntaria. (La definición del pene, como «miembro viril», se encuentra en cualquier texto de anatomía o de educación sexual y su empleo, como sinónimo de pene, es muy abundante en la literatura).

Las mujeres, con frecuencia, han manifestado miedo frente al pene. La elección, como símbolos sexuales del pene, de animales como la serpiente o los ratones, por los que las mujeres han sentido siempre un verdadero temor, se ha producido porque el pene se ha revestido en nuestra cultura de grandes atributos de agresividad y supremacía.

«Pensaba en nuestros cuerpos, en el mío, en el de mi madre, en el de todas las demás. Pertenecía a aquella inmensa horda de seres agujereados, a merced de los invasores...»[4]. Pero no puede decirse que su poder invasor y agresivo consista sólo en la posibilidad de convertirse en un instrumento de violencia sexual. La intrusión violenta en la vagina no precisa exclusivamente del pene y de un hombre. Puede efectuarla cualquiera, empleando quizá un objeto o bien, sencillamente, la propia mano.

La fecundación, el embarazo no deseado, la violencia mayor que puede soportar el individuo «mujer». Todo esto constituye la «invasión interna».

Muchas veces Karen Horney hace notar el miedo femenino a ser violada y la actitud de venganza dirigida contra los hombres, «con especial vehemencia contra el hombre que ha llevado a cabo el acto de la desfloración»[5]; y su miedo a que «el contenido de su cuerpo sea destruído, robado o absorbido»[6].

Una persona es adulta cuando puede decir: yo soy, yo quiero, yo decido lo que voy a hacer con mi cuerpo. Pero si el cuerpo se impone a las decisiones de la voluntad y de la conciencia, la persona se siente aniquilada por ese poder, que acaba sintiendo como ineluctable y omnipotente.

De esta forma, una mujer sometida a un embarazo no deseado, se siente víctima de una amenaza no sólo sobre su propio cuerpo, sino también sobre su voluntad y su individualidad como persona.

Por esta razón, los miedos femeninos se hallan todos relacionados, en una u otra forma, con el temor al hombre, al embarazo y al parto. De ahí procede el miedo femenino al pene. Pasividad significa, en efecto, estarse quieta, permanecer inmóvil, como para efectuar una retirada ante una amenaza; en este caso, frente a la capacidad fecundante del pene en la penetración.

¿Por qué, entonces, el pene es activo y la vagina pasiva? Porque la vagina se halla ligada a la pasividad ante el peligro de la fecundación. En efecto, cuando el hombre se da cuenta de la capacidad fecundante de su esperma, su imaginación identifica el coito con el acto mediante el cual se introducen las semillas en la tierra, con la siembra. La tierra es una potencialidad inerte y la semilla una figura ya formada, que sólo necesita desarrollarse. El semen masculino se convierte en grano.

Cierto es que en la época de Esquilo la actividad de los ovarios era desconocida, pero empujar al niño para que salga fuera del propio cuerpo, tras haberlo llevado durante nueve meses es bastante más fatigoso que el movimiento pélvico que ha de efectuar el varón para lograr un coito fertilizante. Mucho más cansado que la eyaculación. Pero la fatiga física del cuerpo en el parto ha sido minimizada, borrada y discutida.

¿Se trata, tal vez, de envidia respecto a la capacidad procreadora femenina? Parece ser que sí. Sin embargo, la capacidad procreadora siempre se ha atribuido al hombre. Si, como dice Eldenstein, «la teoría sobre el cuerpo humano forma parte de la filosofía», podemos añadir que las teorías sobre los órganos reproductores forman parte de la filosofía de la relación entre el hombre y la mujer.

La teoría de la pasividad femenina, la pasividad de la vagina surge frente a la idea masculina de que el pene no sólo fecunda, sino que utiliza a la mujer y, por su exclusiva voluntad introduce en su interior el grano, la semilla que germina.

Esta idea de una actividad unilateral —activo sólo el pene y sólo el macho— es una racionalización cuyo componente esencial está constituido por la violencia. Y la violencia, la reacción agresiva, es una actitud típica del hombre frente a la amenaza intuida de no ser realmente importante.

Intentos para rehuir la fecundación, anticonceptivos elementales, aborto, han sido las respuestas culturales de las mujeres para dominar su propia corporeidad. Una forma de sentirse persona y no tierra.

Para impedir la entrada de los espermatozoides se conocen los más distintos sistemas; uno de los más antiguos es el de introducir en la vagina una esponja empapada en vinagre, procedimiento que ya empleaban las hebreas, tal como puede comprobarse leyendo el Talmud. De acuerdo con el Talmud este sistema estaba permitido: 1. A las mujeres menores de once años que, fácilmente, hubieran podido morir a consecuencia del parto. 2. A las mujeres ya embarazadas, puesto que se creía que, si volvían a quedar encinta, el segundo feto podía absorber el primero, y 3. A las mujeres durante el período de lactancia, porque el niño podía morir por falta de leche, si ellas quedaban nuevamente encinta.

Existían también una serie de procedimientos para expulsar el semen tras la relación sexual, como el de dar saltos violentos, con la esperanza de que el esperma cayese al suelo. Esperanza más bien fortuita y que, sobre todo, convertía el sexo en una actividad que no era, precisamente, relajante. Pero aunque sean muchas las mujeres que han resultado agotadas por el excesivo uso del sexo, ha habido otras tantas, o tal vez muchas más, aburridas por razones totalmente opuestas. La escuela de Lucrecio pensaba, en efecto, que la pasividad aumenta las posibilidades del embarazo, mientras la escuela oriental mantenía la tesis opuesta: que la pasividad era contraria a la fecundidad. Con tal de no quedar embarazadas cuando no lo desean, las mujeres lo han intentado todo y, contrariamente a lo que se cree, los sistemas no eran tan ingenuos ni tan primitivos. En la isla de Pascua introducían en la vagina fragmentos de algas, mientras en Sumatra preferían una bolita de opio. Las aldeanas germano-húngaras se fabricaban unos capuchones de cera de abeja y en el antiguo Egipto se inventaron pesarios, fabricados con estiércol de cocodrilo.

En el siglo XV, compartiendo la extendida opinión cristiana que compara las prácticas anticonceptivas a un homicidio, Chaucer condenaba a las mujeres «que introducen ciertas cosas materiales en sus lugares secretos». Lo que significa que existían «muchas cosas» entre las que elegir.

La respuesta cultural de las mujeres para dominar su propia corporeidad ha consistido en anticonceptivos rudimentarios, brujería, o el aborto como último recurso.

Esta lucha de las mujeres para controlar su propio cuerpo ha tenido, durante milenios, como enemiga la sociedad de los hombres, amos y señores de la economía y de las leyes.

El poder hacer el amor sin miedo a un embarazo indeseado es una conquista muy reciente.

Para no tener que repasar la historia de la anticoncepción desde el Edén hasta aquí, limitándonos a nuestro siglo o, mejor dicho, hasta las últimas décadas, vemos que en Italia hasta 1971, el artículo 553 del Código Penal castigaban con pena de prisión, de hasta doce meses, a todo aquel que hablara de la anticoncepción. Y no olvidemos que en España, oficialmente, las oficinas de farmacia sólo pueden proporcionar la píldora bajo receta médica y se han suprimido del mercado determinados fármacos que, no siendo realmente abortivos —y cuya venta, bajo prescripción facultativa, estuvo permitida en los años retrógrados del gobierno franquista— se hallan, actualmente, totalmente inasequibles. «Yo quisiera eso... que hace bajar la regla». «Lo siento, señora, pero, actualmente, no existe absolutamente nada». Diálogo que, diariamente, se repite en muchas, por no decir en todas las farmacias.

Tanto en Italia como en España, son muy recientes las polémicas que se han producido sobre el aborto y su legalización bajo determinadas —y exclusivas— circunstancias. Las asperezas no se han suavizado en ninguno de los dos países.

La era del control sobre los nacimientos se ha iniciado más por razones sociales, políticas y ecológicas que por un reconocimiento al derecho de la mujer a hacer el amor sin miedo, la explosión demográfica y el espectro de la superpoblación han contribuido, en gran parte, a cambiar ciertas leyes sobre la natalidad, mucho más que el indiscutible derecho de la mujer a vivir su propia vida.

Pese a que la anticoncepción ya no está prohibida y en algunos países incluso es aconsejada, muchas mujeres continuan sintiéndose culpables por el hecho de controlar su propia fertilidad. La mayor parte de las veces no son razones fisiológicas las que incitan a rechazar el «esterilete» o DIU de la cavidad uterina. La repulsa, en gran número de casos, viene dada por motivos psicológicos.

Por otra parte, es bastante frecuente el descenso o la desaparición de la líbido en las mujeres que utilizan la píldora.

Con el diafragma, el método preconizado por las feministas, las reacciones son mucho más complejas. La mujer se lo ha de introducir, poco a poco, en la vagina antes de las relaciones sexuales. Esto exije una decisión puntual y un conocimiento de la parte sexual de su propio cuerpo que, en realidad, resulta poco frecuente. Por eso no es raro que este sistema haya tenido tan poco éxito en los países latinos y se halle cien veces menos difundido que el mismo método —igualmente gomoso, pero utilizado por el hombre—: el profiláctico.

La vagina no es, por lo tanto, neutra respecto a la anticoncepción, aunque actualmente, por lo menos en forma verbal, haya sido liberada y legitimada. Se enfrenta con un contexto cultural que, aún hoy, teme el placer y la actividad de la mujer. Y tras siglos de castigos y prohibiciones, la condena permanece en el subconsciente; y las mujeres, con frecuencia, acaban por castigarse y limitarse a sí mismas. He aquí que la dependencia y la pasividad femenina no pueden imputarse sólo a su biología, sino también, y sobre todo, a una historia y una cultura dominada por los hombres y sus temores.

En su condición de subordinada, la mujer ha odiado esa parte de su cuerpo, pero todavía más el camino que la lleva a la dependencia y a la esclavitud: su vagina.

Se puede odiar el cuerpo y considerar la mente como el propio y verdadero «yo». Se puede, en cambio, exaltar el cuerpo como medio para satisfacer los deseos inducidos, convirtiéndose así en un instrumento para excitar los de los demás. En este caso el cuerpo se convierte en una cosa y la mente en una especie de titiritero que tiene facultad para ordenar sus movimientos.

Identificada como un «agujero», odiando a su cuerpo y a su vagina, la mujer, que intenta sobrevivir como persona, tiende a crear una separación entre el «yo» y el «no-yo», entre la mente y el cuerpo.

Esta «estrategia que el individuo adopta con el fin de vivir una situación insoportable»[9] ha sido definida por Ronald D. Laing como «esquizofrenia».

En este caso, «en la separación entre el cuerpo y la mente que se verifica en la mujer, observamos idéntica separación esquizofrénica, debido a la cual ha desaparecido la relación:

yo/cuerpo ——— otros

sino una relación:

yo ——— cuerpo/otros»[10].

Y añadiendo la vagina, como la parte más rechazada, la relación esquizofrénica se convierte en:

yo ——— cuerpo (vagina)/otros.

Para la mujer es indispensable, por lo tanto, recuperar una buena relación con su cuerpo, más allá de los labios, para que su «agujero» no constituya una cima desconocida, cargada de desprecio y considerada como un vehículo de sumisión «biológico».

Y la recuperación de la relación amorosa con su cuerpo pasa a través del conocimiento de la cultura, a través del pleno conocimiento de la naturaleza y del poder de ejercitar un control sobre ella.

VIII. Más acá

Bajo la punta inferior del triángulo piloso, precisamente donde la carne empieza a dividirse y adquiere el color de los labios, existe un grano que se llama «clítoris»[1].

«Su sensibilidad erógena es verdaderamente única en toda la fisiología erótica. Corpúsculos sensibles de todo tipo se unen unos con otros, entre ellos los "corpúsculos de la voluptuosidad". Ellos confieren al glande clitorídeo un poder detonante comparable al de un motor de explosión. Tal especialización superfuncional compensa el escaso volumen del órgano.»[2]

El clítoris, la historia del clítoris, es la historia del placer sexual femenino. Y la historia del placer sexual femenino y, por lo tanto, la del clítoris, siempre se ha hallado en conexión a sus relaciones con el hombre.

Si la mujer está considerada como un ser inferior, como una esclava destinada a la reproducción, carece de sentido el que esta esclava sienta placer; es más, la búsqueda de un placer autónomo podría disminuir el poder del dueño. De esta forma, contra el clítoris se ha producido una conjuración en la que se han aliado teorías, prácticas y culturas de distintos tipos e intensidades. Esta conducta se remonta a sociedades históricamente patriarcales que asignaban a la mujer, como función primordial, la obligación de producir hijos para el padre. Una función anti-histórica, visto que ahora las mujeres pueden y deben tener un número mínimo de hijos y tal vez por ello se ha hecho posible actualmente enfrentarse con ese argumento.

¿Qué puede hacerse para reafirmarse en el poder, para eliminar el «vicio» autónomo femenino? La cosa es muy sencilla: eliminando el clítoris.

En muchas poblaciones africanas y asiáticas, sobre todo en las que se hallan influidas por el islamismo (pero también se encuentran ejemplos en la América Latina y en Oceanía), se mutilan los órganos sexuales de las niñas, mediante la clitoridectomía y la infibulación. Una denuncia, hecha en el año 1977, ante la Organización Mundial de la Salud, calculaba que anualmente eran sometidas a esta práctica, unos ocho millones de niñas; práctica que venía definida por los antropólogos como «iniciática»[3].

La primera intervención, la clitoridectomía o escisión, implica la resección total del clítoris; la segunda, o infibulación, consiste en colocar o crear una barrera en sus partes genitales, es una adición a la primera. Se lleva a cabo cortando uno de los labios menores y cosiéndolo al otro con espinas de acacia, de forma que se crea un nuevo obstáculo a la penetración masculina, añadido al que ya ofrece el sutil himen. La noche nupcial obliga a que este obstáculo-sello haya de ser abierto con un cuchillo. La mutilación ha enjaulado la capacidad reproductora de la joven mujer, que es entregada al marido que la compra con la seguridad de que ella sólo se convertirá en madre de sus hijos y un instrumento para su exclusivo placer.

La medicina occidental sólo descubrió el clítoris en el año 1593, un siglo después del descubrimiento de América, por un mucho menos famoso Colón o Colombo, Realdus Columbus, que quedó estupefacto ante el hecho de que «tantos famosos anatomistas hubieran descuidado una cosa tan graciosa y tan útil».

No ha de excluirse, sin embargo, que la existencia del clítoris fuese ya conocida por la malicia de todos aquellos señores empeñados en censurar toda excitación o placer referente a la mujer.

No es casual que santo Tomás de Aquino insistiera para que las mujeres, en las relaciones conyugales, yacieran supinas; posición que, más tarde, se denominó «del misionero», desde que los colonizadores blancos la impusieron a los «salvajes», seguramente más ricos en las fantasías del Eros[4], porque otorga un espacio mínimo a los movimientos de la hembra. La atribución de pecaminosa a cualquier otra postura quedaba justificada por la preocupación de que el semen masculino pudiera salir de la vagina, haciendo artificiosamente infecundo y, en consecuencia impuro, el contacto carnal entre un hombre y una mujer.

Una diversa y mayor participación en el acto sexual de la mujer, permitiendo el acceso al «garbancito», como aún hoy se llama vulgarmente al clítoris, facilitaría el alcance del orgasmo. Por eso no es atrevido mantener la hipótesis de que el clítoris, desconocido por los anatomistas, quizás era sobradamente familiar a los teólogos.

Durante siglos se ha hecho un lavado de cerebro a las muchachas, diciéndolas que sólo las prostitutas llegaban a alcanzar el placer sexual y que sus maridos podían sentirse violentos, si ellas demostraban alguna emoción.

Puede añadirse que en todo el mundo se halla difundida la idea de que el orgasmo femenino favorece el embarazo (lo que tiene un fundamento científico), pero el embarazo se produce también en mujeres que jamás han conocido su existencia.

Muchas veces con esa idea, o con esa esperanza, algunas mujeres han llegado al estado de pasividad absoluta, con tal de no quedar encinta.

A decir verdad, en Europa la extirpación del clítoris no ha sido nunca una práctica quirúrgica, salvo, quizás, en la época ochocentista victoriana. El venereólogo inglés William Acton escribía en 1857, que «las mujeres honradas no tienen sensaciones sexuales» y animaba a los médicos para que amputaran el clítoris, llegando a extirparlo incluso a mujeres que habían sobrepasado los setenta años. ¡El pecado no tiene edad! Isaac Brown fue nombrado, se ignora si a causa de estos méritos clitorídeos, presidente de la Asociación Médica de Londres.

En América —y ya estamos en el año 1912— un tal doctor Dawson escribía: «Siento verdaderamente un impulso irresistible de clamar contra la forma vergonzosa en que se olvida el clítoris y su revestimiento, debido a la gran cantidad de desgracias que se podrían ahorrar al bello sexo, si a este importante órgano se le diera su exacto valor y aprecio por parte de la profesión médica. La circuncisión, para una muchacha o una mujer de cualquier edad, es tan necesaria como para el muchacho o para el hombre»[5].

Durante siglos, salvo breves períodos históricos de liberalización sexual o en pequeños grupos y sub-culturas, en la historia europea y occidental las mujeres que gozaban del sexo no estaban bien consideradas; se las califica de «putas», comparándolas con la mujer-madre. La sexualidad no las atañía más que como «deber matrimonial», *remedium concupiscentiae* del marido.

El mito más antiguo sobre el erotismo femenino ha pretendido, durante largo tiempo, que la mujer gozara sólo en razón a la maternidad. Y aún hay quien sostiene que la respuesta erótica de la mujer se halla exclusivamente en el nacimiento del hijo.

El parto es interpretado como el mayor de los placeres, el orgasmo sublime provocado por el mayor de los falos que pueden llenar la vagina: el niño.

Los mitos sólo subsisten si tienen un mínimo

fundamento de verdad. La maternidad y el parto pueden ser vistos como el mayor y único goce que puede sentir una mujer, por lo que cualquier otro placer erótico le está prohibido y, en sentido lato, también se le prohibe cualquier otra posibilidad creativa de realización, si no es la maternidad. Si el falo es el símbolo de potencia, el hijo, sobre todo si es varón, puede ser fantaseado como símbolo de potencia: es el gran «falo» de la mujer.

El hombre asume en la sexualidad un papel activo, también porque ya es activo, independiente económicamente y en los aspectos sociales y culturales. La mujer ha aceptado el ser pasiva, ha sido o se ha sentido obligada a prestarse al acto sexual en condiciones de pasividad o, incluso, de ausencia. Sus necesidades, su sexualidad han sido olvidadas, ignoradas, silenciadas: el clítoris «alejado», la vagina «pasiva» y por último, la «frigidez», se han convertido en características femeninas. Pero en la frigidez no existe sólo la pasividad, sino también el miedo y la angustia que, frecuentemente, se expresan como cólera o angustia contra el compañero que impone las sensaciones. El problema del placer y del orgasmo no es sencillo. El orgasmo que sienten la mayoría de las personas se sitúa entre la descripción emotiva y la física. En efecto, el orgasmo es la más psico-somática de las sensaciones[6].

En el orgasmo concurren todos los factores emotivos y de relación y una estimulación física satisfactoria.

Es importante recordar y precisar aquí que lo

que estamos examinando son solamente las teorías fisiológicas de la respuesta sexual femenina.

El aspecto emocional es importantísimo, pero lo que estamos indagando son precisamente las teorías, los mitos, las filosofías sobre el cuerpo femenino.

Como se recordará, Sigmund Freud había diferenciado en la mujer dos sistemas y dos épocas eróticas: uno clitorídeo, infantil, masculino, y por lo tanto activo, y otro vaginal, pasivo, femenino, unido al deseo de maternidad, adulto en consecuencia, que *debe* desarrollarse en la pubertad, olvidando y abandonando el infantil y masculino placer clitorídeo. La hipótesis freudiana halló una ardiente defensora en una de sus alumnas, Hellen Deutch y, a continuación, fue aceptada por los psicoanalistas estadounidenses.

La hipótesis freudiana ha producido numerosas víctimas en los Estados Unidos, donde el psicoanálisis adquirió pronto un desarrollo entre el gran público. Las mujeres, incapaces de alcanzar el orgasmo vaginal en los apresurados coitos del *week-end,* se sintieron abrumadas por la idea de ser malas, prisioneras de juegos infantiles, envidiosas del pene y, en consecuencia, neuróticas.

A las mujeres frígidas que insistían sobre su preferencia clitorídea, otra discípula de Freud, Marie Bonaparte, oculta bajo el seudónimo de Narjani, según el testimonio de Steckel, les practicaba intervenciones para «curar» la masturbación clitorídea obsesiva, eliminando el clítoris, privando a la mujer del supuesto «pene» masculino, liberándola del peso de su doble sexualidad, devolviéndola a la monosexualidad receptiva vaginal, para la que la intervención del macho es indispensable.

«El clítoris es sólo un puerco órgano egoísta, del que el hombre no obtiene ningún beneficio en el coito. Esto permite a la mujer goces engañosos fuera de la cópula y es el adversario de la vagina, por lo tanto, *enemigo del hombre*». De esta forma sarcástica, Gerard Zwang[7] sintetiza la actitud hostil del hombre respecto a un órgano femenino que lo desvaloriza y, denunciando las teorías y las prácticas castrantes de los epígonos freudianos, para quienes es necesario someter a tratamiento a las mujeres que no sienten el placer erótico en la vagina, sugiere, con creciente sarcasmo, la transferencia hedónica del clítoris a la vagina: «La mujer ha de renunciar a los placeres clitorídeos, que llevan a un callejón sin salida, y proyectar hacia la vagina toda su líbido, para hacer de ella su falo, para transformar un falo externo pequeño y "activo", muy importante, en un *anti-falo* interno y pasivo. Con el placer trasladado así hacia su interior, gracias a la operación del Espíritu Santo psicoanalítico, se sentirá feliz con la penetración y gozará de su propia pasividad vaginal»[8].

Tras tantas teorías y cortar, simbólicamente, el clítoris excesivamente «activo», llegamos a la década 1970-1980, con un enorme trabajo de profundización e investigaciones sobre el descubrimiento de lo femenino. La parte más consistente se ha dedicado a la sexualidad y, sobre todo, al clítoris. La corporeidad, la sexualidad de la mujer y la maternidad han sido los temas dominantes en el empeño de liberalización de esquemas viejos y obsoletos.

Cierto es que, antes de esta época, una minoría de mujeres conocían la existencia y/o la experiencia del orgasmo, y que pocas o escasas personas eran sabedoras de la presencia del clítoris y de su importancia. Sin embargo, ha parecido obsesiva y exagerada la prioridad de atención que se ha otorgado a esta parte del cuerpo femenino. Como si faltase un pedazo, como si no se lograse dar fin a las disquisiciones, a cerrar el tema para pasar a otro. De nuevo, en forma extraña, en todas las descripciones del cuerpo femenino, la vagina era censurada o señalada por su misión de unifuncionalidad reproductora. Más allá de los labios se halla lo inacabado, el agujero donde cae la voluntad, desde el momento que es incapaz de cerrarse. Por esta razón es importante para la mujer reflexionar sobre el «sujeto» vagina, unificándola con su cuerpo y con su *yo*.

IX. Más allá

Años cincuenta. El *boom* de la Ciencia. El hombre en el espacio, la Luna está cerca, la automatización a las puertas, inmensas bibliotecas pueden quedar contenidas en microscópicas computadoras.

Pero el sexo, no. Ante el sexo, la Ciencia se retrae inhibida. Como siempre, desde la Edad Media, este tema pavoroso continúa siendo coto de caza de teólogos y sacerdotes; precisamente de quienes no deberían saber nada. Por eso, en 1956, el *Informe Kinsey*[1] levanta una gran polvareda; se trata de un estudio sobre el comportamiento sexual efectuado entre 12.000 sujetos, del que resulta que muchísimos jóvenes americanos han tenido experiencias homosexuales, pese a lo cual han seguido siendo «machos».

Entre las muchas investigaciones accesorias, Kinsey organizó, asimismo, la de los ginecólogos, para que hicieran indagaciones respecto a la respuesta sexual femenina. De las fichas sobre 900 mujeres, con las que se utilizaron instrumentos de metal, vidrio y algodón, se obtuvo como respuesta que las vaginas eran prácticamente insensibles al tacto e inmediatamente se dedujo que, por lo tanto, el orgasmo de origen vaginal es tan sólo una ilusión.

En verdad, esta última deducción de Kinsey tuvo mucha menor resonancia que los otros resultados de la investigación, porque se hallaba en contradicción patente con la opinión freudiana sobre este mismo tema.

Hacia la mitad de la década de los sesenta, siempre en Estados Unidos, Masters y Johnson llevaron a cabo investigaciones más cuidadosas sobre el orgasmo masculino y femenino.

William Masters se sintió inclinado a iniciar sus indagaciones sobre el sexo desde el principio de su carrera de ginecólogo, cuando descubrió que la anatomía sexual femenina era, virtualmente, una *terra ignota* para la medicina.

Con su colega, la psicóloga Virginia Johnson, tras numerosas experiencias de laboratorio, llegaron a la conclusión de que, referente a las mujeres: «La máxima intensidad fisiológica de la respuesta orgásmica, sentida en forma subjetiva y objetivamente registrada, ha sido alcanzada por los sujetos experimentados mediante técnicas de autoestimulación o bien, con medios mecánicos, regulados por la misma persona». Añadiendo que: «La fisiología fundamental de la respuesta orgásmica es la misma, cualquiera que sea el estímulo, dado por el coito heterosexual o artificial, la masturbación mecánica o manipulación clitorídea, de los pezones o de cualquier otra zona erógena elegida»[2].

Una respuesta lógica, honesta, liberada de culpabilidad, tras largos siglos de represión de la sexualidad femenina, de mitologías exclusivas o preferentes sobre el placer del pene, que aparece, precisamente, en los años en que se inicia y desarrolla la revolución feminista.

Los descubrimientos de Masters y Johnson sobre el orgasmo se han convertido en el más fuerte soporte de la revalorización del clítoris como centro específico del erotismo femenino.

Podemos fechar su inicio en el año 1971, con Ana Koedt, en los Estados Unidos y Carla Lonzi, en Italia: «El sexo femenino es *la* (y no *el*) clítoris; el sexo masculino es el pene»[3].

Negando la definición freudiana de «frigidez», como la incapacidad de la mayoría de las mujeres para experimentar el orgasmo vaginal, el ímpetu de revalorización del clítoris como centro de la sensibilidad sexual femenina parece haber relegado a segundo lugar la mucho más específica vagina.

Se diría que, una vez más y sin desearlo, se aceptan los valores impuestos por la cultura penocéntrica.

La revalorización del clítoris, que ha tenido la beneficiosa función de rehabilitar las caricias corporales y de contradecir las tesis freudianas, ha llevado a desvalorar el órgano específico femenino, la vagina, relegándola a la mera función procreadora. «La vagina» escribía Carla Lonzi «es la cavidad del cuerpo femenino que acoge el esperma y lo introduce en el útero para que se produzca la fecundación del óvulo. Y a través de esta cavidad el cuerpo del hijo sale de la madre»[4]. El resultado de esta diferenciación, que privilegia el orgasmo clitorídeo a expensas del otro (el vaginal) ha creado, invirtiendo la situación precedente, una nueva sensación de culpabilidad en las mujeres que, gozando del placer vaginal, se sentían vagamente traidoras al feminismo que profesaban.

El clítoris no es una imitación ridícula del pene, sino un órgano femenino. Y no se le puede atribuir una función privilegiada sólo porque teniendo cuerpos cavernosos, como el pene, se halla sujeto a la erección. Por ejemplo, también son eréctiles los pezones. Se le atribuye valor sólo como órgano externo, visiblemente definido y definible (una especie de pene de serie B), atribuyendo a la vagina las condiciones de pasiva, inexistente y definiéndola sólo como una carencia.

Es un error, y alguien se dio cuenta. En el *Eunuco femenino,* Germain Greer se lamenta: «Desgraciadamente hemos aceptado, junto con la revalorización del clítoris, después de su proscripción por parte de los freudianos, la idea de la pasividad o incluso del extrañamiento de la vagina. Hacer el amor se ha convertido en una especialidad masculina, y las mujeres constituyen el tribunal»[5].

La doctora Irigay añadía: «[...] El placer en la mujer no necesita elegir, por ejemplo, entre la actividad clitorídea y la vaginal. El placer de la caricia vaginal no ha de sustituirse por el de las caricias clitorídeas... La mujer tiene sexos en todas partes»[6].

En realidad, muchas mujeres que tenían amplia experiencia sobre orgasmos, comentaban en voz baja (así se hace cuando uno no se atreve a desmentir el poder, el científico en este caso): «¡Bah! ¡Tal vez sea así! Verdaderamente yo tengo la sensación de orgasmos distintos. El clitorídeo es superficial, mientras el vaginal es mucho más intenso y arrollador».

Hellen Kaplan, la más famosa de las investigadoras sobre sexología, comentaba acerca de los estudios de Masters y Johnson: «La estimulación vaginal, por sí sola, por muy agradable que sea, no acostumbra a provocar una reacción orgásmica, por lo menos si no va acompañada de fantasías de intenso contenido erótico, en cuyo caso el orgasmo vaginal se produce en un plano más bien psicológico que fisiológico»[7].

Y continuaba: «Sin embargo, pese a que la estimulación del clítoris parece ser esencial para la consecución del orgasmo, el clítoris no representa ninguna función en su propia y verdadera realización. También en este caso, el orgasmo es un reflejo y el fenómeno orgásmico consiste en contracciones rítmicas de los músculos estriados circunvaginales. Además, como ya se ha dicho, actualmente se cree por parte de muchos expertos en este campo que todos los orgasmos femeninos son fisiológicamente idénticos. Se inician por la estimulación del clítoris y se expresan mediante las contracciones vaginales»[8].

El clítoris, por lo tanto, no representa ningún papel en la consecución ni en el desencadenamiento del orgasmo, que consiste, en cambio, en contracciones rítmicas de los músculos circunvaginales; pese a ello, para la doctora Kaplan, el orgasmo vaginal es un fenómeno «psicológico» y no fisiológico.

En el fondo, esta nueva teoría que considera tan sólo psicológico el orgasmo provocado por la introducción del pene en la vagina, oculta una sutil acusación de histerismo, de invención o, por lo menos, de fantasía. Así han acabado por advertirlo las «vaginales». Por otra parte, quedaban las puramente «clitorídeas»; las del: «No me hace ningún efecto», «Me aburre».

La atención sobre la sexualidad, al aumentar las investigaciones sexológicas, la necesidad de hallar nuevas ocupaciones para el tiempo libre y el atenuarse las posturas radicales feministas han llevado a adentrarse seguidamente en los terrenos desconocidos de la erótica vaginal.

El primero de estos nuevos teorizadores es el ginecólogo francés Gilbert Tordjiman, que en un artículo habla así de sus observaciones: «Los datos recientes obtenidos de la fisiología y de las experiencias femeninas, ¿acabarán por truncar esta guerra sobre los orgasmos?»[9]. En síntesis, su tesis es que las últimas investigaciones sobre el orgasmo, con los estudios clínicos, neurofisiológicos, vasculares y embriológicos, concurren a la demostración de que existen dos tipos diferenciados de orgasmos:

1. Un orgasmo superficial, esencialmente gobernado por los mielómeros de las vértebras del sacro,
2. un orgasmo profundo, visceral, ordenado por los mielómeros de las vértebras dorsolumbares.

El primer orgasmo exije una estimulación superficial, ejercida desde la parte externa y percibida en condiciones de inmovilidad y vigilancia pasiva; se obtiene mediante la estimulación de cualquier tipo y, principalmente, con la erotización del clítoris y de toda el área externa de la vagina. En este caso, la mujer que se erotiza o es estimulada, permanece quieta, vigilante y concentrada hasta el orgasmo.

El orgasmo «profundo», y aquí se halla su principal característica, comporta una actividad voluntaria de todo el cuerpo y, especialmente, de la zona lumbo-sacra, es decir, de la pelvis, que desencadena un circuito de movimientos involuntarios que se extienden hasta la laringe y el diafragma, produciendo una especie de apnea.

Pero para alcanzar el orgasmo profundo, es decir, el que implica la estimulación de la vagina, es preciso que la mujer participe *muy activamente,* con una gran movilidad muscular y mental. Este orgasmo produce emociones más internas y viscerales, dejando una sensación de relajamiento y de satisfacción.

Se destruyen así las teorías freudianas que asocian a la mujer «vaginal», con la imagen de una femineidad inmóvil y pasiva.

Las investigaciones prosiguen, y dos años más tarde, el espeleólogo-ginecólogo-sexólogo israelita Zwi Hoch, dice que el movimiento rítmico del cuello uterino provoca placer sólo en determinados casos, mientras para él es la pared anterior de la vagina la que es sensible y excitable en forma constante, «en forma apenas inferior, pero comparable al propio clítoris, aunque la calidad del estímulo sea distinta». Hoch añade que «en algunas mujeres, la estimulación de la pared vaginal anterior resulta aún más eficaz que la estimulación directa del clítoris»[10].

Hoch localiza (en presencia del marido) la parte más sensible de la vagina de las mujeres con dificultades orgásmicas. Su técnica la explica en la siguiente forma: «Nosotros efectuábamos nuestros exámenes con el dedo recubierto por el guante y lubrificado, siguiendo exactamente las indicaciones señaladas por la paciente. Esta técnica permite una mayor flexibilidad durante el exámen sistemático de las zonas sensoriales.

»Este hecho nos ha permitido individualizar la extrema sensibilidad de la pared vaginal anterior, cuando es estimulada suavemente, con los dedos hacia el exterior... Los dedos del examinador se curvan ligeramente y hacen suaves masajes circulares, continuados, en la dirección antero-posterior [...] Nuestra experiencia con esta técnica nos ha enseñado que se puede aumentar la sensación de la paciente ejerciendo, al mismo tiempo, una ligera presión con la otra mano sobre la parte baja del abdomen, en la región suprapúbica, con la vejiga vacía. Esta maniobra casi permite que las dos manos se encuentren mientras efectúan, delicadamente, un movimiento circular. La mano del médico que masajea la pared abdominal se sustituye, a continuación por la de la paciente, a quien se enseña a localizar y masajear lentamente los dedos del médico que se encuentran en el interior de su vagina.

»Este estímulo de la pared vaginal anterior, asociado al del clítoris, produce una excitación intensa, con resultados muy satisfactorios»[11].

En su trabajo, Hoch señala investigaciones hechas mediante un microscopio electrónico, que han señalado terminaciones nerviosas entre la vejiga y la pared vaginal.

Parece que la vejiga ya no sea sólo el instrumento de los placeres masculinos o de goces imaginarios, sino también una fuente de posibles placeres reales.

Con *The G spot,* escrito por tres autores estadounidenses, Ladas, Whipple y Perry[12], estamos llegando de nuevo al énfasis vaginal. La denominación «G» es un homenaje a Grafemberg, un ginecólogo alemán, que entre los años 40 y 50 habló ya de «una preciosa localidad».

El «punto G» está situado en la misma dirección descrita por Hoch, y el éxito de esos intrépidos americanos ha consistido en que han logrado hacer un libro y dar un nombre (que ya se puede considerar como definitivo) al punto dorado.

Según estos autores, el punto G parece ser un verdadero órgano interno, comparable a la próstata masculina, cuyo tamaño varía de mujer a mujer, y oscila entre el de una lenteja y el de una monedita.

Además de la estimulación manual, para Ladas, Whipple y Perry, la posición del coito «desde atrás» sería la más conveniente para la estimulación del punto G.

Los entusiastas testimonios de mujeres, que dichos autores aportan son que, desde que han descubierto este maravilloso punto ya no necesitan el clítoris. Pero resulta algo extraño, dado que la mayor parte de las mujeres necesita estímulos externos para que la vagina se lubrifique y se abra, pues de otra forma la penetración siempre resulta algo dolorosa y fastidiosa.

Únicamente ahora, cuando se halla en auge el descubrimiento del punto G, me han confesado algunos médicos que la presión sobre el tercio anterior de la vagina, es una maniobra conocida desde hace decenios por algunos urólogos y ginecólogos. Incluso se halla descrita en algunos textos como procedimiento indicado para calmar a las mujeres «presas de crisis histéricas». Resulta misterioso el hecho de que jamás lo hayan comunicado ni dado ninguna explicación a las pacientes no histéricas, ni a sus respectivas parejas.

Se puede esperar que la apología que se ha hecho del punto de Grafemberg hará tornar a la liza a las ultradefensoras de la vagina. En estos momentos, ¿cuántas personas habrá buscando afanosamente el punto G?

Más si el punto G existe, solamente la mujer

puede guiar a su amante, a su cuerpo o a sus dedos para que logre hallarlo.

Queda en pie el hecho de que el orgasmo profundo y el orgasmo superficial pueden ser separados, como demuestra la casuíistica clínica y las afirmaciones de las mujeres. El proceso parece desarrollarse como si el primer reflejo superficial pudiera desencadenar el segundo. El inicio del placer, proporcionado por el clítoris (el viejo garbancito) trasmite las sensaciones en forma ondulatoria, como las ondas que se producen al caer una piedra en un lago.

La tesis de Masters y Johnson, según la cual todos los orgasmos femeninos reproducen las mismas respuestas fisiológicas, puede explicarse mejor teniendo en cuenta que dos tipos de componentes reflejos, derivados primero del clítoris y después de la vagina, pueden llegar uno detrás de otro y potenciarse recíprocamente. En efecto, para casi todas las mujeres, el orgasmo profundo aparece extraordinariamente aumentado por estímulos extravaginales: besos, caricias en los senos, palabras dulces y, naturalmente, caricias en el clítoris, sin los que, en la mayoría de las mujeres, falta la premisa esencial para alcanzar la respuesta orgásmica.

Si la mayoría de las mujeres sólo siente el orgasmo externo, como se deduce del *Informe Hite*[13], esto sólo significa que esta «normalidad» es el resultado de una cultura que ha maltratado la vagina y obligado a las mujeres a acogerse a un placer lo más extenso posible.

Pero los factores psicológicos del orgasmo, predominantes en el ser humano, continúan dependiendo del sistema diencefálico-límbico y de la neo-corteza cerebral[14], que constituyen los niveles superiores de la esfera sexual humana.

En este caso, es el cerebro el que ha de ser considerado como el principal de los órganos sexuales, por lo que queda claro que no basta la movilización vaginal o la estimulación del punto G.

La palabra «orgasmo», deriva del vocablo griego *orgào,* «estoy excitado», aunque actualmente haya asumido el sentido de culminación del placer sexual. Si el orgasmo es un placer, o mejor, el punto culminante del placer, haber hablado, escrito y enfatizado tanto sobre él durante estos últimos años, ha hecho que para muchas mujeres se haya transformado de «placer» en «deber».

Proponerse como meta el conseguir o proporcionar el orgasmo a cualquier precio, es una forma de olvidarse del placer, único fin de la satisfacción. Y si el impulso amoroso es un hecho muy natural, un amante que posea una ciencia infusa no existe y, si existiera, pronto quedaría aburrida y triste. A cualquier edad y cada día podemos aprender; y el aprender es una de las cosas más excitantes de la vida.

Lo importante es aprender con espíritu de curiosidad y de aventura y no como colegialas obedientes y escépticas desengañadas.

X. Utero

«Ya no seré mujer», «Me sentiré vacía como una caña», «Seré como un pozo vacío», «Ya no le serviré para nada a mi marido».

Estas afirmaciones son de mujeres que se hallan a punto de que se les vaya a efectuar una histerectomía, la extirpación quirúrgica del útero.

Todos hemos tenido la experiencia de perder algo de nuestro cuerpo (un diente, las amígdalas, el apéndice) o conocemos a alguien a quien el cirujano le ha extirpado la vesícula biliar, medio estómago, un riñón u otros órganos importantes. Nadie está contento cuando sabe que pierde algo, aunque sea mínimo, de su propio cuerpo. La idea de acabar tendidos sobre la mesa de operaciones es inquietante y espantosa para cualquiera (sobre todo, para los cirujanos que se encuentran mal), pero jamás a un hombre se le ocurrirá decir: «no volveré a ser hombre», salvo que vea en perspectiva la posibilidad de una castración.

En algunos hospitales más «modernos» actualmente se ofrece una asistencia psicológica a las mujeres que han de sufrir una histerectomía. Esta operación, ciertamente banal en el plano quirúrgico, se efectúa en un gran número de mujeres que tienen problemas con su útero, sobre todo si ya han cumplido los cuarenta años, cuando «ya no van a tener hijos». De hecho la intervención tiene consecuencias psicológicas devastadoras sobre las mujeres que la han de soportar. La consecuencia psicológica más grave es la depresión que ataca a un 70% de las mujeres histerectomizadas, pero más tarde se produce un deterioro en la vida sexual, en la pareja y (sobre todo) algunas necesitan ser recluidas en un sanatario psiquiátrico.

Sin embargo, el clítoris y la vagina permanecen tan intactos como antes de la intervención y nada obsta para que pueda hacerse el amor en igual forma.

Si descubrimos el valor y la importancia de un objeto en el momento que lo perdemos, vemos que la amputación del útero constituye una verdadera tragedia, es la desesperación por la pérdida de nosotros mismos, la depresión provoca el sentir que no se existe, que la muerte se aproxima. ¿Pero por qué la mayor parte de las mujeres que sufren esta operación tienen esa sensación de una pérdida tan grande, un trauma tan grave? Porque el útero, y no la vagina, es desde hace mucho tiempo el símbolo del sexo femenino, el centro de la femineidad.

Cuando el mundo se hallaba poco poblado, el «creced y multiplicáos» era una necesidad perentoria, agobiante; crear nuevos seres era una empresa indispensable y única, pero también peligrosa, porque el parto podía ser la muerte, como algunas veces, aunque muy raramente, también acaece hoy.

La maternidad es un trabajo más que importante. Un trabajo vital. Nos podemos emocionar al ver germinar una hoja de filodendro en el salón de nuestra casa; imaginad qué sensación tan milagrosa produce ver aparecer un nuevo niño entre las piernas de una mujer.

Pero un hombre, no. Un hombre no es capaz.

Ante todo, en aquellos tiempos, los hombres ni siquiera habrían descubierto la contribución ofrecida nueve meses antes.

Sin aceptar la teoría de Bachofen[2] de una fase matriarcal en la sociedad, no existe duda alguna de que la femineidad, como capacidad de engendrar, ha sido considerada desde siempre como una potencia sagrada.

En todos los pueblos se encuentran ritos de fertilidad. En todos los grandes sistemas religiosos aparecen deidades femeninas, en general relacionadas con la tierra y la fecundidad (pensamos en Gea, Cibeles, Isis...). La propia Virgen del cristianismo —pese a la Inmaculada Concepción— se define como «Madre de Dios» y se representa en forma análoga a las antiguas divinidades maternas, con un niño en los brazos.

El propio útero se halla presente en la mitología, en los ritos, en los procesos de iniciación. Cada cambio de estado —de la niñez a la edad adulta con la pubertad— era visto y representado como una muerte-renacimiento.

En ciertos casos existe en el rito una referencia simbólica a un retorno al útero, a un nuevo nacimiento.

Mircea Eliade[3] ha puesto en evidencia este tema de la muerte, el retorno al útero y nuevo renacimiento en el chamanismo.

Con frecuencia, también ha sido notado en los cultos misteriosos greco-helenísticos. En todos estos casos, el retorno al útero, es decir, al lugar de la potencia generadora, es algo que pertenece a lo sagrado positivo (*fas* en la terminología romana).

Pero lo sagrado tiene, junto a una faz positiva, otra negativa, prohibida, impura (*nefas,* de donde procede nuestra palabra nefasto). Este elemento negativo, nefasto de la femineidad siempre se ha hallado junto al positivo.

Pero al constituirse las sociedades históricas, caracterizadas por la aparición de ciudades, la división de clases, la pérdida de la importancia de la agricultura, se ha afirmado el deseo de los hombres de disminuir la importancia de la contribución femenina a generar, a crear vida.

Por eso, el aumento del poderío masculino corresponde, también, a un aumento del miedo hacia aquella oscura potencia femenina terrestre presente en el cuerpo de la mujer y una envidia hacia ella.

En la historia, el terror, el miedo y la envidia de los hombres hacia las mujeres, se ha convertido en desprecio, en devaluación y burla por la «mujer» como persona, por sus genitales, por su útero.

Mientras en la historia se yergue el tótem fálico del patriarcado, la mujer de Esquilo no es más que una vasija, un recipiente:

La madre no es la engendradora del niño
que es llamado suyo. Es la nodriza que cuida del crecimiento
del tierno germen sembrado por su verdadero engendrador, el macho.
Y así, si el Hado protege al niño, ella lo cuida,
como podría cuidarse a un amigo la planta que crece...
El padre, sin la madre, puede procrear...[4]

La negación de la función femenina en la reproducción, su devaluación al reducirla a «vasija», «recipiente», «niñera» del hijo del hombre es, pese a todo, una realidad que aún hoy se perpetúa. El apellido que se impone al niño que la mujer pare es, en efecto, el del padre (salvo la opción por el de la madre, posible tan sólo en poquísimas legislaciones).

Y mientras en la Grecia antigua se forma la cultura occidental, mientras Esquilo hace declarar a Orestes que la mujer es inútil, el útero se hace maligno, y Demócrito, escribiendo una carta a Hipócrates, la declara causa de «seiscientos males e innumerables sufrimientos»[5]. El propio Hipócrates lanza el término «histeria», que proviene del griego *hystera,* que significa, precisamente, útero.

La histeria, obviamente, sólo puede manifestarse en las mujeres, y Platón se explica en la siguiente forma: «... la llamada matriz y la vulva parecen un animal deseoso de hacer hijos que, cuando no produce fruto mucho tiempo después de la estación, se aflige y entristece, y errando aquí y allá por todo el cuerpo y cerrando el paso del aire, no dejando respirar, produce en el organismo las mayores angustias y genera enfermedades de todo tipo...»[6].

Tota mulier in utero, escribe Santo Tomás de Aquino en la Edad Media. El útero se toma unas vacaciones de algunos siglos en la Contrarreforma. El *Malleus Maleficarum,* el famoso manual antibrujas de Sprenger y Kramer encargado por el Papa en 1486, hacía derivar el término *femina* de *fe*=fe y *minus*=menos, por lo que se afirma que las mujeres o, mejor dicho, la mujer tiene menos fe que los hombres.

Durante toda la Contrarreforma, bruja y mujer son sinónimos. El motivo de que, por lo general, las brujas sean mujeres es que toda la brujería proviene de la «lujuria carnal», precisamente insaciable en el sexo femenino. Y es el sexo lo que domina a la mujer, categoría por lo tanto inferior, peligrosa y pecaminosa.

Las mujeres acusadas de brujería fueron quemadas a miles a causa de su malignidad satánica.

Con el decaimiento de la fe y el sistema teológico como modas, volvieron los médicos a interpretar el mundo corpóreo y los comportamientos. Desde 1600 en adelante, los médicos logran explicar que todas aquellas mujeres que habían sido torturadas, condenadas y llevadas a la hoguera, no eran víctimas de una posesión diabólica, sino de su propio útero[7].

Es la misma naturaleza la que es defectuosa.

Se enlaza de esta forma el útero con el cerebro. No es casual el oír esta frase: «Las mujeres piensan con el útero».

La psiquiatría francesa de los finales del siglo XIX admite, democráticamente, que también los hombres padecen histerismo, reconociendo que la histeria es un trastorno del sistema nervioso que no se debe solamente al útero.

No obstante, la histeria continúa siendo atribuida, sobre todo, a las mujeres; e igual que para los inquisidores ellas adolecían de carencia de fe, para la psiquiatría positivista, resulta que tienen, asimismo, otro defecto constitucional: la debilidad mental.

El propio Freud teoriza, en forma renovada, la inferioridad femenina, considerando a la mujer intelectual y éticamente limitada, a causa del complejo desarrollo de su líbido[8].

En la formulación freudiana, líbido es la expresión dinámica de la sexualidad. Y aquí, de nuevo, el sexo.

No puede ser distinto. El mismo Freud ha iniciado y fundado sus investigaciones partiendo de la histeria, y la mayor parte de sus pacientes eran mujeres, por lo que ha resultado que la sexualidad ha dominado toda su teoría.

Freud nombra rara vez la vagina, y tan sólo como símbolo de los genitales femeninos; con mayor frecuencia, cuando se refiere a fantasía y sueños sobre la «vagina dentada» y explícitamente, cuando señala a la mujer joven el deber de trasferir sus placeres y los deseos del clítoris, masculino y activo, a la vagina, femenina y pasiva.

Las mujeres, según Freud, sufren la envidia del pene y si quieren resolver sus problemas, tienen que renunciar a ese sueño y contentarse con hacer niños. El niño es interpretado como el pene femenino por excelencia, o sea, como su único poder.

Si la mujer envidia el pene y se imagina castrada, queda implícita la idea de que no tiene «nada». Y también es implícito que ese vacío sólo puede llenarlo un hijo.

«El embarazo se convierte en una especie de relleno del vacío [...] la mujer vive, como un creador, en un pseudo-delirio de grandeza; el niño, que todavía no se mueve, funciona exactamente como un tapón y, colmando un antiquísimo deseo, suprime su angustia»[9].

Volvamos ahora al problema del que hemos partido inicialmente: la idea que tienen las mujeres, que van a someterse a una histerectomía, del «vacío» que se crea dentro de ellas.

En sus estudios sobre los efectos psicológicos de la histerectomía, la psicóloga Cristina Medina ha recogido estas expresiones espontáneas empleadas por las mujeres: «Ya no seré una mujer; me vacían como una calabaza; me vacían como una gallina; me sentiré como una caña hueca; seré como un agujero vacío; ya no serviré para nada a mi marido, me convertiré en frígida; mi marido no sentirá nada; quedaré fuera de servicio; me siento devaluada a los ojos de mi marido; a mi marido sólo le va a quedar un pedacito; mi marido se irá con otras mujeres; me siento totalmente anulada; seré tan estéril como un desierto...»[10].

Nos hallamos ante el resultado de todas las creencias de la antigüedad y de todos los prejuicios de la ciencia antigua, medieval y moderna. En realidad también los médicos, los ginecólogos definen «científicamente» la histerectomía como un *vaciamiento* y, cuando la proponen, con frecuencia dicen: «Señora, tenemos que sacárselo *todo*».

Reaparece la influencia del pasado, de las creencias difundidas y de la educación secular también en lo que corresponde a la relación útero-locura. Por otra parte, es lógico: si yo considero, si me han enseñado a creer que mi «esencia» y «el fundamento de mi personalidad femenina y, en consecuencia, también mi forma de pensar, es el útero, si me quitan el útero, me quitan, a la vez, el cerebro, me hacen volverme loca».

Y las mujeres añaden: «Es el órgano por el que las mujeres razonan; el útero me hace perder la memoria, el útero provoca trastornos emocionales; tengo miedo de volverme loca; la sangre es un desahogo necesario; la histerectomía es el inicio de una serie de desgracias; me volveré más nerviosa; seré menos nerviosa; se me quitarán los dolores de cabeza; la sangre se me subirá a la cabeza; tendrán que hacerme sangrías; me faltará el ritmo vital; todos los problemas derivan del útero, sin útero me sentiré como muerta...»[11].

No hay que extrañarse si los hombres, a quienes se pregunta lo que le sucederá a su mujer, en vísperas de sufrir una histerectomía, hacen este tipo de comentarios:

Utero/locura: «La mujer razona con el útero; sin útero es como una persona sin brazos; el útero le ataca los nervios; sin útero las mujeres se vuelven locas...».

Utero/fecundidad, sexualidad: «Ya no será mujer; se hará insensible; parecerá vacía; se convertirá en un objeto; le quitan la cosa más bella que tiene; le quedará una vagina de plástico; soy yo el que me siento estéril; sólo quedará una cicatriz; el acto sexual no fecundante es un acto ciego...»[12].

En realidad, estos comentarios, que son prejuicios, en parte son mantenidos por las mismas mujeres, reafirmados por lo que ellas dicen.

Pero se me puede objetar que estas son ideas que acuden a la imaginación de las mujeres que han de ser histerectomizadas; es el miedo lo que hace crecer la importancia del útero. Más o menos como cuando duele una muela, no se hace más que pensar y sentir en esa muela que hace daño y que nos parece enorme.

No, no es así. Incluso las mujeres normales, las mujeres que se encuentran perfectamente bien y no sienten la menor preocupación por su útero, lo identifican como su femineidad o, por lo menos, como la matriz de su femineidad.

También los hombres lo sobrevaloran, no lo consideran un órgano como todos los demás, como la vesícula biliar o el duodeno, como los riñones. Tanto es así que la imaginación lo hace muy grande, mucho mayor de lo que es.

¿No lo creéis? Intentad hacer un sencillo experimento.

Contestad inmediatamente, sin pensarlo demasiado, o preguntadle a un amigo o una amiga, lo siguiente:

«Respecto a la barriga, ¿a qué altura llega el útero? ¿Más arriba o más abajo del ombligo?»

Por regla general, la pregunta suscita perplejidad. La persona empieza a recorrer con la mano su tripa de arriba abajo, de abajo arriba, con amplias oscilaciones. La respuesta más frecuente es la de que el útero alcanza la altura del ombligo, otros lo hacen llegar hasta el estómago. Esto sucede con personas de todo tipo cultural. En realidad, el útero es un pequeño órgano, en forma de pera, mejor, una perita, puesta boca abajo e inclinada hacia adelante. El cuello uterino se introduce en la vagina, el resto se hunde en el vientre. Pero sólo mide de 7,5 a 8 centímetros. En consecuencia, en proyección sobre el vientre, el útero no grávido sólo sobresale dos centímetros sobre el vello del pubis. La fantasía que todos los entrevistados han tenido es de que es enormemente mayor.

Recordemos que el útero alcanza la altura del ombligo en el sexto mes del embarazo y llega bajo el estómago sólo al final del mismo. Por lo tanto, resulta que, al pensar en el útero, tanto los hombres como las mujeres lo imaginan, en forma subconsciente, eternamente grávido.

El útero es el grande, grandísimo, inmenso centro de la femineidad.

¿Y entonces la vagina, qué? En las entrevistas en que pedía se me indicara la altura del útero, cuando yo aclaraba que, en realidad el útero se halla situado mucho más abajo, inmediatamente advertía una perplejidad «¿Pero entonces —me preguntaba alguno— durante el acto sexual, dónde va a acabar el pene?»

Con un útero tan pequeño, desaparecía, también, el lugar para la vagina. En realidad, durante el acto sexual, la vagina en fase de excitación se alarga y el útero se eleva en el interior del vientre. Pero es como si la vagina, siempre a nivel fantástico, no fuera un órgano autónomo, independiente del útero, separado de él, sino algo que formase un todo, un breve tránsito, una puerta hacia él y nada más.

De ahí nace la idea de que al extirpar el útero se extirpa todo, desaparecen los genitales para dejar únicamente un inmenso vacío, un vientre absurdamente hueco. En ciertos casos, parece que ya no exista ni el tubo digestivo. El «me lo han quitado todo» corresponde a un vaciamiento del cuerpo, que tan sólo deja huesos y piel, prefiguración de la muerte y, dado que también ha desaparecido el cerebro, se presenta la locura.

Estas son las fantasías heredadas del pasado; y la realidad científica de quien vive en el siglo XX debe sobreponerse para lograr, poco a poco, cambiar la imagen del «misterioso mundo femenino».

XI. ¿Y él?

El cuerpo masculino es evidencia.

Es evidencia porque es totalmente visible.

Es evidencia porque es externo.

Es evidencia porque es representable.

Es evidencia porque su potencia es demostrable.

Potencia y evidencia, sí, ¿pero comparadas con qué?

Potencia y evidencia, sí, ¿pero frente a quién?

Igual que la vagina y el cuerpo femenino, también el pene y el cuerpo masculino son vividos en relación con el otro sexo. La cultura ha añadido una inmensa cantidad de símbolos y significados a las actividades fisiológicas del pene y esto influye sobre las actitudes del hombre y la mujer. En otros tiempos, hace unos milenios, los hombres no sabían que con su semen contribuían a la procreación. Las mujeres eran importantes porque tenían niños, porque aseguraban brazos y crecimiento a la comunidad.

El pene entonces era una parte cualquiera del cuerpo masculino. En efecto, el pene, de por sí, es sólo un órgano, una parte del cuerpo multifuncional que sirve para orinar, para gozar e inseminar.

Pero cuando se descubrió el semen masculino, el pene no se ha limitado a ser el órgano sexual masculino, sino que, revestido de símbolos se ha convertido en el «miembro viril»: el falo.

El falo es el pene del poder y asume y resume el rico simbolismo. El obelisco que se eleva en las plazas en honor de un hombre poderoso es un homenaje a su falo.

En una religión machista como la hebrea, el hombre da gracias a Dios diariamente por haber nacido varón y no hembra. Jehová crea a la mujer de una costilla del Adán primigenio.

Esto tiene también un aspecto negativo: el varón criado para identificarse con su genital se convierte en víctima del mismo culto que lo exalta.

El falo es suficientemente admirado, venerado y exaltado; y si el falo fracasa en la prueba, quien lo lleva y lo ostenta se sentirá víctima, avergonzado y turbado.

Cuanto más ambiciona el pene por convertirse en «falo», mayor es el temor del hombre a que el importante órgano que posee no sea lo suficientemente bello, grande y resistente, ante los ojos envidiosos de quien no lo posee.

«¡Qué pitito tan lindo!», «¡Tú eres el pajarito de mamá!» ¿Cuántas veces un niño ha escuchado eso en el ámbito familiar? Probablemente, muchas. Si no de una forma tan explícita, por lo menos, alusiva. Es el origen de una relación admirativa respecto al propio pene, una relación «positiva», que corre peligro de volcarse en sentido contrario, en «negativa».

Siempre tenemos miedo de perder lo que es precioso, mientras no nos importa lo que no vale nada.

La madre siente adoración por el «pajarito» del niño: «Te he dado un hijo varón» dice orgullosa y complacida a su consorte. Un heredero del nombre si no del apellido.

El varoncito ya toma conciencia de que su importancia como ser humano reside en el pene. Se abre camino en él el convencimiento que cuanto mayor sea el pene, mayor será su importancia. Con los demás hombres se instaura una competición que reproduce el viejo juego infantil: «veamos quién la tiene más gorda».

Pese a que en las revistas sexológicas, incluso en las populares, se repite hasta la saciedad que la satisfacción sexual femenina y, en consecuencia, el éxito con las mujeres no depende de la longitud ni del grosor del órgano sexual masculino, en las revistas «sólo para hombres» se publican cartas que expresan la angustia de tenerlo excesivamente pequeño y, en consecuencia, de no ser un verdadero hombre.

Las angustias, calmadas o rechazadas por respuestas tranquilizantes, se reavivan por las imágenes de órganos desproporcionados en fotografías y comics porno que publica el mismo periódico que, de esta forma, se desmiente a sí mismo. Y en la historia personal y colectiva, cuanto más alto se yergue el tótem fálico y el obelisco, más encarnizadamente se niega la existencia de la vagina y la importancia de la mujer.

No obstante, cuanto más se niega y vitupera la vagina, ésta se convierte en impotente, grandísima, omnipotente, fuente de atracción y repulsión. La percepción del peligro y el horror hacia el sexo femenino en su corporeidad se hallan presentes, tanto en los hombres como en las mujeres. Por esta razón, en el lenguaje popular se humilla y envilece la vagina, atacándola con una terminología fóbica. El poeta romanesco (dialecto romano) Gioacchino Belli, nos parece resumirla en forma exhaustiva en:

La madre de las santas

Quien le pide la «cosa» a Catalina,
para que lo comprendan las personas doctas
tendría que decir vulva o vagina
y olvidarse del coño y de la cholla.
Pero nosotros, hijos de la gran puta
la llamamos celda, chocho, patata,
agujero, almejita, vaina, gruta,
forro, chichi, rajita o la petaca,
gatera, cerradura o zapatilla
silbadora, espuerta y hendidura,
corte, grieta, chochete, ventanilla,
pepe, orinal, recreo y cerradura,
la jaula del pipí o la golosa,
caracol, peluquín, «aquello-que-está-allí»
«aquella-cosa», esponja-borrador...
Algunos hablan de «vergüenza» o «natura»
y de todos es madre, santidad y sepultura[1].

Pocos son los sinónimos que se salvan del envilecimiento. Pero aún resulta más sintomático el título de la poesía *(La madre de las santas)* y la última palabra (sepultura): maternidad, santidad y muerte. ¡Realmente hay que guardarse de esa misteriosa presencia que se transforma en pesadilla odiosa! En el fondo, el inconsciente odia más la vagina de lo que adora el pene. Lo mejor es negar esta vagina, negarla todo lo posible y reconocerla únicamente en la figura más alejada de la familia: la prostituta que vive fuera de las normas y en aparente contradicción (¿o salvaguardia?) de ella. La prostituta ocupa el lugar de la sexualidad y de la seducción femenina, destinada a la descarga del semen suplementario; pero es también el lugar donde el hombre no teme el rechazo y donde no se halla sometido a exigencias particulares en el ámbito sexual, afectivo, moral e intelectual.

Pero el miedo existe y es disimulado, se niega su existencia a sí mismo. Y el miedo, o mejor, el terror, se halla preferentemente en el estupro. Quien viola, en efecto, es un hombre que no tiene el valor suficiente para abrir una puerta que da a la oscuridad. Prefiere hundirla y correr a tumba abierta, por aquella oscuridad, a ciegas, para salvarse. También el convertir a la mujer en un ángel constituye una demostración de este temor, porque al colocarla sobre un pedestal puede también nacer, en lugar de un deseo de amor, la necesidad del hombre de esconder el miedo que le inspira.

Cuando los niños que ignoran el proceso del nacimiento y de la concepción reciben las primeras noticias reaccionan con un rechazo: «No, mi madre no; ella no puede haber hecho esas cosas», lo que lleva implícito que la considera sin sexo e, incluso, sin vagina; «¡Una cosa así no, ella no!» Es un rechazo miedoso. No; la madre no debe ser sexual.

Sobre la única imagen femenina deificada por la cultura cristiana, se ha llevado a cabo la sustracción simbólica de su propio cuerpo. María, por dogma católico, ha permanecido virgen «antes, durante y después del parto». Una madre como Nuestra Señora es una madre perfectamente madre, es el ideal de una mamá que no está dispuesta a triturar con los dientes de su vagina devoradora. María se ha convertido en la diosa, la madre perfecta a la que el hombre puede entregarse con un abandono total. Una madre sin sexo, sin vagina, que dice que «sí», al Padre, al Hijo y al Espíritu Santo que la fecunda. Cristo es el fruto del «vientre» de la Virgen, la mujer más mujer, porque está castrada. En realidad, es la supresión de la vagina lo que hace de la mujer un ser castrado.

Pero, ¿a qué se debe tanto encarnizamiento contra la vagina?

¿Quizá ha sido la envidia de la función maternal lo que ha obligado al hombre a una búsqueda que lo compense? Esta envidia de la maternidad es una tesis aceptada hoy en día por muchos investigadores[2].

Por lo tanto, no existe sólo la freudiana «envidia del pene» por parte de las mujeres, sino también la «envidia de la vagina» por parte de los hombres. Bettelheim interpreta esta envidia, como origen del extendido rito de la circuncisión, que hace sangrar como la menstruación y, sobre todo, en la sub-incisión, una práctica seguida en algunas tribus de Australia central, que consiste en efectuar un corte de dos o tres centímetros en la uretra, en la raíz del pene, de forma que los varones puedan orinar como las mujeres.

Ciertamente, en la maternidad biológica no existe sólo la producción de la vida, sino un signo trascendental. «En su cuerpo la mujer crea al hombre, crea a la mujer, crea la continuidad de la existencia»[3]. He aquí un gran poder, deseado y envidiado por quien no lo tiene.

¿Será esta la razón que ha hecho sentir a los hombres la necesidad de devaluar a la mujer?

En verdad, imponiendo su propio poderío y sus propias leyes sobre las mujeres y su maternidad, los hombres han revalorizado su capacidad de engendrar. Aunque en su vida privada no hayan logrado liberarse de «mamá», dan la impresión de que siempre tienen en sus manos el control y que jamás pueden distraerse. A través de la búsqueda, la investigación, el descubrimiento y el estudio, la organización de la cultura, el hombre, ha podido decir: «Esta es la masculinidad», «Soy creador, porque soy hombre».

De esta manera ha logrado objetivarlo todo, incluso su mismo cuerpo. Se ha alejado del cuerpo femenino y de su propia carga emocional; y la mujer parece haber quedado prisionera de su propio cuerpo y del cuerpo de la madre.

El misterio de las emociones, de la vida y de la muerte es exclusivamente femenino, el misterio que aún permanece en la caverna de los misterios.

El que la vagina se halle oculta, sin límites exactos, ha alimentado aún más la fantasía.

De hecho, cuando no existe una certidumbre racional, el vacío se rellena con una certeza dogmática. Pero por muy fuerte que sea el dogma, la duda no queda eliminada y se convierte en fuente de desazón. Lo mismo que la falta de conocimiento absoluta, las dudas acaban creando sensaciones de inseguridad y de miedo. Y el miedo lleva a adoptar una actitud defensiva. Ante el miedo a la vagina, imaginada como un monstruo amenazador, el hombre ha hallado una defensa trasformando simbólicamente el pene en un arma.

«Las teorías sobre el cuerpo humano son siempre parte de una *fantasía.* Es un misterio de nosotros mismos, de nuestra naturaleza, tal como resulta imaginado por la *memoria,* cuyas posibilidades imaginativas se hallan gobernadas por arquetipos»[4].

Las espadas y las armas en general son en nuestra cultura símbolos fálicos. Preguntarle a un hombre cómo aparece una espada en sus sueños, equivale a preguntarle «qué piensa de su virilidad». De los sueños «guiados» de algunos hombres que tienen problemas sexuales o de un sujeto que se halle satisfecho sexualmente de sí mismo, puede verse cómo es apreciada la «espada-pene» en forma distinta.

Francisco, treinta y tres años, casado desde

hace dos, acude al consultorio debido a la carencia de erecciones. Trabaja como conductor de automóviles y su familia es de origen muy humilde. Demuestra gran cariño hacia su madre, con la que parece desear volver a convivir. Tiene dificultades de pronunciación. Su padre era extraordinariamente violento con los hijos. Al pedirle que visualice una espada dice: «Es como un sable, mejor dicho, una espada romana. Pero es opaca y está oxidada».

Mauricio, veintidós años, ha acudido por problemas de erección y eyaculación precoz. No logra concentrar la atención. Se halla profundamente deprimido. Invitado a visualizar una espada dice: «La veo perpendicular, muy larga y dorada, delante de mí, en el vacío». «¡Cógela!». «Resbala en mis manos como el jabón. Se halla aquí, a mi disposición, pero es inalcanzable». El sujeto de control tiene cuarenta y ocho años. Una vida sexual satisfactoria. Está casado, tiene hijos y mantiene una relación extraconyugal. Ante la demanda de imaginarse una espada contesta: «Es una espada enorme, mide cerca de dos metros». «¿Qué hace con ella?». «Estoy en un bosque, como el verano pasado cuando estaba de vacaciones. Sirve para abrirme camino entre el ramaje. Lo corta todo sin esfuerzo, como si fuese mantequilla. Es una espada inmensa, excesiva en el fondo, para un quehacer tan doméstico».

Si el pene se ha trasformado en el instrumento agresivo, en un arma, es debido también a su poder fecundante. El embarazo y el parto pueden constituir un peligro tanto para la vida de la mujer como para su individualidad.

«Qué aspecto más agresivo tiene», es el comentario de una estudiante a la que muestro la fotografía de un espermatozoide aumentado por el microscopio. En su fantasía, y en la de millones de personas, tanto hombres como mujeres, el espermatozoide es un dragón de lengua afilada, cola de serpiente, con el gesto del que va a cometer una traición.

Pero también los hombres, sobre todo en estos últimos años, preocupados y sacudidos por una visión pesimista del futuro del planeta, abrumados por la excesiva prolificidad, sienten miedo por la potencia fecundante concentrada en su órgano sexual. Algunos llegan a solicitar la esterilización para poner fin a su poder de fecundación, incluso no teniendo hijos. Otros la solicitan atribuyendo la tardía o la ausente erección al temor de dejar embarazada a la mujer amada. Son esos hombres a los que su madre decía: «Tu padre me ha dejado embarazada», con un tono tal de indignación que el niño consideraba que el embarazar a una mujer era una culpa gravísima, de la que, ya adultos, no quieren ser responsables; son los mismos que dudan de cualquier anticonceptivo: «el profiláctico se puede romper, la espiral no es segura, la píldora puede fallar».

Lucas se ha hecho esterilizar a los treinta y nueve años. Es un chico guapo, soltero, cortejado, porque es amable, sensual, muy disponible y óptimo amigo de las mujeres. Motiva su decisión con la resuelta intención de no querer hijos y de preservar a sus *partenairs* del riesgo del aborto. «La vasectomía no ha creado problemas a mi sexualidad; por el contrario, ahora hago el amor con mucha más tranquilidad que antes. En cuanto acabó la intervención, sencillísima y rápida» explica «me he sentido limpio e inocente como un niño».

Para Lucas no era el pene, entendido como miembro viril por sí mismo, sino el espermatozoo lo que consideraba agresivo y peligroso. Esterilizándose, ha apagado la mecha de la bomba, ha reconquistado de nuevo su inocencia. De esta fantasía, del pene falo-arma, se derivan no sólo muchos de los problemas sexuales que afligen al hombre, sino también su miseria sexual.

El pene, visto freudianamente como «sádico-anal», resulta en la cultura, traducido a lenguaje sencillo, como un pene-malo, un pene-orinador, un pene-culo. Su culminación es el pene que se desposa con una vagina-sucia. Realmente, no es esta la imagen de un órgano que da y recibe placer.

«Enorme, rígido, congestionado, semejante a un árbol que se eleva solitario y gigantesco en el centro de una llanura, bajo un cielo nublado y sofocante, "él" se alza en mi vientre casi verticalmente, levantando la sábana en forma descarada. Terco, innoble, insidioso, testarudo individuo... Echo hacia atrás la sábana, bajo de la cama, salgo de la habitación y me dirijo al cuarto de baño. Ahí procedo a la acostumbrada *toilette:* ducha, afeitado, limpieza de dientes y de uñas de los pies y las manos, vello de las axilas, pelo de la nariz y las orejas y, naturalmente, de "él". Hipersensible como es y, además, histrión de la sensibilidad, mientras lo enjabono se va haciendo enorme.»[6]

En esta novela de Moravia, el protagonista, «Yo» trata a su pene como si fuese otro individuo, como instrumento dotado de vida y personalidad propia: «El».

Atribuir al propio pene todos los deseos y todos los caprichos, las exigencias, las reacciones incontroladas, es una actitud común a muchos hombres. Se vive el pene «como otro distinto», «otro del propio cuerpo» de sensaciones. Esta despersonalización se halla en la base de una capacidad sensorial disminuida o de un comportamiento vivido como «doble»; por lo que puede suceder que se haga el amor sólo para «satisfacer a él», se va con una prostituta para «descargar la cañería» o bien se dice: «El no funciona». No se ama por él mismo. «Su obligación social» afirmaba un grave intelectual «es la de estar levantado. Cuando no es así, resulta muy triste». El pene no erecto no gusta. La erección es un deber, una obligación y, como tal, resulta la antítesis del placer. Los hombres soportan difícilmente su pene en estado de reposo; generalmente esperan para desnudarse, en los encuentros sexuales con la mujer, hasta haber entrado en un estado de excitación.

A pesar de que se le llame, impropiamente, «miembro viril», el pene no es un miembro y por eso no es, como muchos hombres desearían, tan obediente como un brazo. Lo ideal, para ciertos hombres sería hacerlo levantarse, conforme a los deseos de su propietario, delante de las señoras, lo mismo que se alza una mano para saludar. Al pene, en cambio, no se le manda. El pene no escucha el «tienes que levantarte» o el «no debes levantarte»; es más, si así se le ordena se vuelve más desobediente y recalcitrante.

La erección del pene nace de una maravillosa autonomía, nace del deseo y el deseo se convierte en la aguja de su brújula. Lo que va bien para el pene, también es satisfactorio para el hombre y, frecuentemente, cuando el pene se hace recalcitrante es porque se le ha llevado a un punto al que no se debía o porque se le quiere hacer engullir un manjar del que su propietario no siente en absoluto la apetencia.

El cuerpo sólo escucha el verbo «querer».

Si nos expresamos diciendo: «Se ha excitado», «No se escita», «Se ha levantado» o «¡No se levanta!» se continúa tratando el pene como si fuese un ser independiente, sin comprender lo que verdaderamente sucede.

En la cultura occidental, el hacer el amor es un gesto cargado de significados y metáforas que poco o nada tienen que ver con el mutuo otorgamiento del placer, el conocimiento recíproco o la intimidad. Muchas veces el varón considera el hacer el amor como un trabajo, e incluso lo califica de fatiga.

La multiplicación de los contactos, la capacidad repetitiva de los contactos y la emisión de esperma, es un testimonio de virilidad, es un reconocimiento de la propia capacidad y la propia valía; y se pide a la mujer que lo certifique.

Los hombres sensibles a las reivindicaciones feministas de los últimos tiempos se han convertido en complacientes activistas del erotismo corporal, en expertos creadores de orgasmos clitorídeos. De la presunción del «Yo logro echar X al día» se ha pasado al «La he hecho correrse X veces». ¿Se convertirán ahora en hábiles buscadores del punto G?

El ansia de prestación se transfiere al proporcionar orgasmos. A un amante ansioso que repetidamente preguntaba: «¿Te ha venido?», ¿te ha venido?», mientras hacía el amor, su pareja, ya harta, le contestó: «¡Ocúpate de tu picha!».

La meta no cambia y la mujer continúa siendo el sujeto pasivo, el objeto, la espectadora, la testigo, pero también el juez implacable de una masculinidad que se agota en la actividad numérica.

Es un expediente para evitar las sensaciones más profundas, una forma de rehuir el encuentro con la mujer, una escapatoria para evitar enfrentarse con la intimidad de la desconocida, denigrada y temida vagina.

Quitarle a la vagina su carácter negativo significa suprimirle al pene su superestructura de «falo», que impide las emociones y las sensaciones. Significa devolver al pene su vocación de puente de contacto con la mujer para una relación amorosa.

XII. En el sueño

«Es muy oscura, no puedo entrar. Es decir, sí podría entrar, pero no quiero. No sé lo que hay dentro. Si supiese lo que hay entraría. Quiero marcharme, tengo escalofríos. Dentro puede haber algo que me haga daño».

Quien tiene miedo de la gruta «muy oscura» es *Lucas.* Lucas está llevando a cabo un sueño «guiado». Le he pedido que se imagine una gruta y, después, que entre a explorarla. Se trata de una técnica que siempre me ha dado buenos resultados. Lucas tiene veintidós años, ha vivido en un orfelinato desde su más tierna infancia y ha salido a los doce cuando su padre, contraído nuevo matrimonio, ha podido tener de nuevo a sus hijos en casa. Lucas tiene muchos amigos y muchas amigas, pero jamás ha besado a una mujer. Su única actividad sexual es la masturbación. Persigue su sueño de una mujer ideal, pero inexistente. Cuando en la vida real advierte que la relación con alguna de las muchachas que frecuenta puede hacerse más íntima, la rompe. Tiene miedo de la mujer y de su sexo.

La gruta es el símbolo genital femenino. Y al mismo tiempo es el símbolo de la madre, la primera mujer que se conoce y se convierte en el prototipo de todas las mujeres.

Los símbolos son la forma en que se sintetiza la experiencia del mundo. Forman parte del pensamiento indirecto que, muchas veces resulta difícil de transmitir, porque no responde a la lógica del lenguaje, ni siquiera a su gramática, a su sintaxis ni a su semántica. El pensamiento indirecto[1] se halla en la base de los sueños, de las fantasías, de las vicisitudes del mundo interno. Los símbolos son imágenes o representaciones, «señales» de la realidad psíquica.

El sueño guiado se basa en las observaciones de Freud y Jung sobre temas simbólicos fundamentales de las manifestaciones inconscientes.

Freud mantenía que el simbolismo no es peculiar de los sueños «... sino característico de la representación inconsciente, particularmente entre las masas populares, y se encuentra en el folklore y en los mitos populares, en las leyendas, en las frases hechas, en los proverbios y en los chistes y, en medida más amplia, en los sueños»[2].

Para llegar al subconsciente es preciso utilizar su lenguaje, el lenguaje de los símbolos para llegar al lenguaje indirecto, hablar en símbolos y hacerse hablar en símbolos.

Los métodos psicoanalíticos y analíticos siempre han utilizado los sueños para llegar al inconsciente, pero no siempre el paciente sueña ni es de esperar que el paciente se ponga a soñar. El sueño guiado en estado de vigilia, tiene la ventaja de ser «ordenado» y no se precisa llegar a lo incontrolable de los sueños espontáneos. Es un método al mismo tiempo diagnóstico y terapéutico, porque es una proyección de los niveles más profundos de la personalidad[3]. Además, la posibilidad de que el terapeuta pueda observar los sutiles cambios que se están produciendo en el curso del tratamiento, le permite adoptar las decisiones más apropiadas. Las experiencias obtenidas por Assagioli[4] en la proyección guiada de los símbolos y por Desoille[5], con el *rêve éveillé dirigè,* permiten introducir este método no sólo en la psicoterapia, sino también diagnosticar, descubrir qué piensan los hombres y las mujeres de la vagina.

Según Freud, «el genital femenino se representa simbólicamente por todos aquellos objetos que coinciden en la propiedad de encerrar dentro de ellos alguna cosa, por lo tanto, *pozos, fosas, cavernas...*»[6].

Como símbolo de los genitales femeninos —la vagina—, la caverna parece ser la más significativa, aunque sea posible utilizar otros símbolos que tengan la posibilidad, como dice Freud, de encerrar en ellos alguna cosa.

Como demuestra la experiencia, en el lenguaje de las imágenes, preguntar: «¿Qué ves en la caverna?» es equivalente a la interrogación: «¿Qué piensas de la vagina, qué piensas de la femineidad?» Para las mujeres resulta, evidentemente, una pregunta sobre su identidad femenina; para los hombres una verificación de cómo imaginan a las representantes del otro sexo.

Para efectuar el test se procede de la siguiente forma:

A la persona tendida en el diván, relajada, con los ojos cerrados, se le sugiere que imagine, vea, un paisaje montañoso. En un momento dado encuentra la entrada de una caverna. Se le invita a entrar y explorarla. Terminada la visualización se pregunta qué sentimientos y sensaciones ha sentido frente a las imágenes que ha descrito. Se le pide que busque en sus recuerdos las circunstancias que le hayan provocado sensaciones o sentimientos análogos[7].

«No quiero entrar. Hay demasiados escarabajos, los veo salir a montones. Tengo miedo de que se suban por mis piernas; es un verdadero río negro de escarabajos». Para *Juana* la sexualidad es fuente de terror. Tiene veintinueve años y jamás ha tenido relaciones sexuales. No soporta siquiera que su novio le toque el cabello, pero no quiere perderlo. Se ha impuesto a sí misma la idea de mantener con él relaciones sexuales, pero su vagina se ha cerrado; resulta impenetrable, se ha convertido en «un río de escarabajos negros». Precisamente porque quiere a su novio no puede permitirle el ingreso en un lugar tan asqueroso. Los escarabajos habitan en lugares inmundos, se alimentan de basura. Juana sólo logrará borrarlos cuando tome conciencia de su sexualidad y su vagina.

«Dentro de la caverna hay un esqueleto, el esqueleto de un hombre. Su pie está encadenado, fijado a una roca muy áspera».

Luis tiene veintiséis años, es profesor en una escuela elemental. Vive solo. Es muy miope y anda y se sienta de una forma rígida. Recibió de su madre una educación muy conservadora y religiosa. En casa, tanto el padre como la madre le ponían en guardia contra las mujeres «que arrastran a la mala vida». Cuando habla con una mujer, tiene la sensación de ser agredido, incluso si se trata de una colega que le comunica un cambio de horarios. Para Luis, en el interior de la caverna, como más allá de los labios, sólo existe el encarcelamiento, la aniquilación y la muerte.

«Siento mucha angustia, pero penetro igualmente en la oscuridad de la caverna. Noto que pesa sobre mí una mano gigantesca o, quizá, el ala de un enorme murciélago. Tengo la sensación de que en el fondo de la gruta se hallan unos tipos malcarados, escondidos entre sus anfractuosidades. Advierto cierta claridad; me parece que veo a mi madre. Sólo como un busto. Pero es la primera vez que la veo como un ser feo, antipático, odioso. También está mi padre, con cierta expresión algo idiotizada, tal como la tiene en realidad. Me siento como un niño de diez años. Mi madre adquiere una expresión extraña, me fulmina con los ojos abombados, que se le mueven continuamente. Realmente me siento de pequeña estatura, pero al salir recupero mi tamaño normal, aquel "yo" que dentro había perdido».

Alejandro tiene veintisiete años y cuando hace

el amor no consigue controlar la eyaculación. Bien situado socialmente, ha tenido relaciones con varias mujeres y ha convivido durante cinco años con una muchacha. Declara que se ha liberado de la autoridad paternal hace poco tiempo y me describe a su madre como una persona muy dulce, amable, que jamás le ha creado problemas y con la que tiene toda la confianza.

Y a pesar de ello, en el interior de la caverna-vagina ha descubierto la parte de hostilidad que siente hacia su madre, parte que no lograba confesarse a sí mismo. Con el sueño guiado, Alejandro descubre esta hostilidad sin sentirse responsable ni culpable.

«Entro en la caverna y a los pocos pasos me encuentro con una imagen de la Virgen, que me impide el paso. La Virgen tiene una sonrisa dulce, pero autoritaria: no me dejará entrar. Lleva un manto azul y tiene la frente luminosa. No intento seguir adelante. Experimento un gran deseo de regresar».

Virgilio tiene cuarenta y un años y está satisfecho de su trabajo como geómetra. Es muy amable con todo el mundo, sobre todo con las mujeres. Pero su pene no se yergue. Siempre ha tenido problemas sexuales, pero ha quedado totalmente impotente después que su mujer —«el único amor de mi vida»— le ha confesado que lo había traicionado sexualmente con un hombre, en ese aspecto mucho más satisfactorio. Virgilio dice que la ha comprendido y perdonado, pero desde la noche de la confesión ya no logra tener erecciones.

La mujer le reprocha el no ser ya un hombre. Virgilio comprende y perdona, pero la agresividad que lleva en su interior, ha de aparecer en alguna forma externa. La mujer, en su subconsciente, es algo sagrado, una Virgen, precisamente. Todas las mujeres se identifican con Nuestra Señora, con la gran Madre omnipotente. Cualquier forma de agresividad provocaría una reacción terrible, la venganza de la divinidad.

Los sentimientos son espontáneos por naturaleza; ninguno es de por sí, ni bueno ni malo. La rabia, como la alegría, la tristeza y el gozo, el dolor o la felicidad no son sentimientos controlables por una orden. Pueden ser no comunicados o negados, incluso descartados, pero continúan viviendo en nuestro interior.

Virgilio expresa su rabia respecto a su mujer con la impotencia de su pene, porque no ha sido capaz de hallar una forma distinta. Su cuerpo dice: «No. Tu vagina no tendrá mi pájaro ni la satisfacción que tú esperas de él».

«Una procesión de hombres encapuchados que llevan en andas una estatua de la Virgen, en el centro de una caverna. No logro ver el rostro de la Virgen, porque me gira la espalda». *Roberto* tiene treinta y tres años, hace muy poco tiempo que frecuenta a las mujeres, pese a su profesión de ginecólogo que lo sitúa diariamente en contacto con ellas. Vive solo desde hace muy poco tiempo, hasta que dejó la familia para entrar como ayudante en una clínica. La madre esperaba despierta su llegada cuando salía por la noche. Roberto es culto y un buen profesional. Cuando se critica a las madres reacciona en forma áspera, aunque la crítica esté perfectamente fundada.

Dentro de la caverna su atención es atraída por otros hombres; pero van encapuchados. La caverna es un inmenso templo. La imagen de la «Virgen» para él no es completamente visible, como si la caverna fuese doblemente misteriosa. Roberto vive en su relación con las mujeres una escisión típicamente mediterránea: mujeres con las que tiene relación sin intimidad, sin amistad, limitadas al sexo; otras, las «superiores», inaccesibles para él, mujeres de las que se enamora y que lo rechazan, porque aman a otros hombres.

En estos casos es cuando resulta más aparente y vistosa la negatividad de la gruta-vagina. Si la inquietud no es tan aguda, las imágenes mejoran.

«La caverna tiene una apertura irregular de caliza blanca. Es redondeada, lisa, amplia. El terreno es arenoso. Busco a mi alrededor, con la intención de encontrar fósiles y, en cambio, encuentro una cagada, allá, en el fondo, en el ángulo de la derecha». *Ernesto* tiene cuarenta años y es médico. Ha alcanzado gran éxito, es un inmejorable amante, amable con las mujeres, pero formal. De la dificultad de entrar con ellas en un contacto más íntimo se comprende que, para él, las mujeres representan un objeto y la comprobación de su potencia. La mujer le gusta, pero hay una parte en la mujer que resulta sucia: «Una cagada, en el fondo, en un ángulo» precisamente. La vagina es vagamente asimilada al esfínter anal.

La imagen simbólica mental de la vagina, que Berner define como «imagen primaria», tiene notables consecuencias sobre el comportamiento sexual masculino. Berner explica el caso de un ginecólogo que, naturalmente, conocía perfectamente el verdadero aspecto de estos órganos y que se quedó muy sorprendido al descubrir que su imaginación continuaba representando la vagina «como una enorme y oscura caverna, sin fondo, donde su pene e incluso todo su cuerpo podían perderse. En otros casos, la vagina es un pasaje angosto, lleno de pinchos que ha de evitar todo aquel que la penetre. El poder de estas imágenes para influir sobre la erección, sobre el empuje y la propulsión, puede depender, en parte, de las condiciones físicas de la vagina, tal como la ve y la siente el falo. Si se cree que es excesivamente ancha, puede convertirse en una pavorosa caverna para un hombre y un lugar agradable para otro; si parece demasiado estrecha, el hombre la considera como una gruta donde puede sentirse tranquilo, pero el que la considera como una trampa puede alarmarse y querer salir deprisa»[8].

Pero la vagina-gruta es también un lugar interesante y agradable para quien la conoce y la ama. «Es una gruta bellísima, llena de estalactitas. Pero no es oscura. Tiene muchas ramificaciones y me inspira curiosidad. Siento el deseo de conocerla, me gusta, me atrae. Me apasiona la aventura. Me pongo a explorarla, me siento muy segura de mí misma». *Clara* está esperando un hijo. La gruta-vagina tiene para ella «muchas ramificaciones», siente el deseo de explorarla. La estoy preparando para el segundo parto, mediante la hipnosis. Tiene treinta años, ejerce como consultora en las escuelas, tiene un trabajo que le resulta grato, un marido, una hija de dos años y muchos amigos. Le gustan los animales, los niños, hacer el amor, la vida. Aprende rápidamente a entrar en trance, porque no tiene problemas para relajarse. Después de estos ejercicios abre los ojos y se despereza con la voluptuosidad de un gato.

«En el fondo de la caverna existe un gran lago. El agua está tranquila, con reflejos azules. Se me acerca una ballena y parece que me invite a montar sobre su lomo. No siento miedo, acepto la silenciosa invitación y subo. La ballena recorre la gruta siguiendo una corriente oculta. Sale de ella y se aventura en el mar hasta llegar a una playa clara y llena de sol».

Pedro tiene cuarenta y ocho años, hombre culto, bien situado en su trabajo que exige mucha capacidad de abstracción. «Para mí, hacer el amor —dice— es una forma de relajarme, de descansar», precisamente porque lo hace en una vagina-lago-mar tranquilo-playa soleada.

XIII. En el signo

En las distintas formas de comunicación, el signo gráfico trasmite al papel lo que existe en la imaginación y en el símbolo; nosotros podemos hablar, sustituir los sonidos inarticulados por el lenguaje, cuando aprendemos que determinadas secuencias de sonidos tienen un sentido exacto, pueden señalar los objetos, las sensaciones, las ideas. El lenguaje tiene sus raíces en la realidad del sentido común de la vida cotidiana.

Pero lo que existe más allá de los labios, raramente se articula, no se halla presente cada día. La interdicción en el signo fónico, en la palabra, se transforma, también, en una prohibición en el signo gráfico. Cualquiera es capaz de dibujar una boca, una nariz e, incluso, los pulmones y el corazón, aunque éstos sean internos e invisibles, en forma aproximativa y aunque carezca de toda aptitud para el dibujo.

El sexo femenino, en cambio, es muy difícil de representar porque es impreciso, incompleto en la mente, prohibido a la palabra y, en consecuencia, también impreciso o ausente en la representación gráfica.

Ya en la estatuaria griega de los tiempos clásicos, la representación gráfica del cuerpo femenino ha borrado su sexo; el pubis es liso, no existen huellas de labios; se han cosido plásticamente y no existe ninguna hendidura.

Solamente en los inicios del siglo XIX, dentro del arte reconocido y oficial, Goya empieza a representar (¡con gran escándalo!) el pubis femenino, con su vello natural. Ha de llegar el siglo XX para que aparezca en forma más real.

He solicitado a distintas personas de distintas clases sociales, sexo, edad y profesión que me dibujaran la parte interior de la vagina.

Mi pregunta era formulada de la siguiente forma: «Dibujen la forma interna de la vagina, como si estuviera dividida en dos partes».

Excepto para los pacientes que se encontraban ante mí, se garantizaba el anonimato del dibujo para todos los grupos a los que he efectuado la demanda y lo único que pedía era una V o una H, según el autor fuese varón o hembra.

El primer grupo a quien me he dirigido eran estudiantes de IV de liceo científico (el equivalente en España al BUP) antes de que recibieran lecciones sobre anatomía sexual.

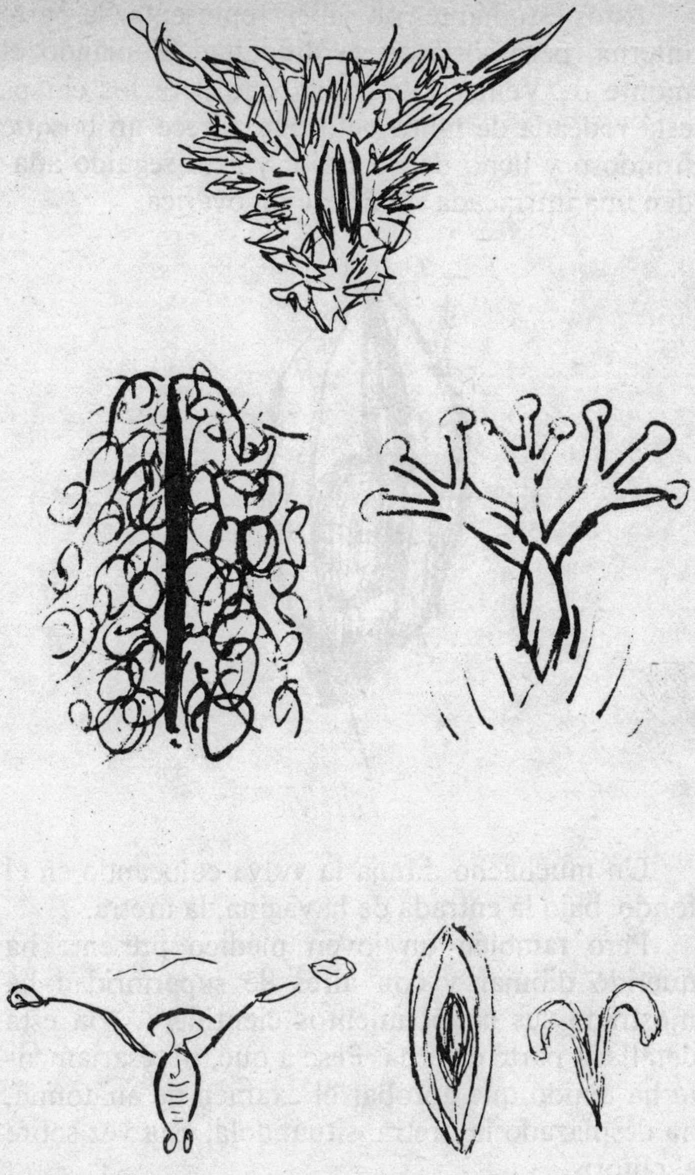

Estos estudiantes no saben representar la parte interna, pero soslayan la dificultad dibujando el monte de Venus o la vulva que para los chicos está rodeada de tanto pelo que parece un bosque frondoso y lleno de misterio; y acto seguido añaden una intrincada ramificación ovárica.

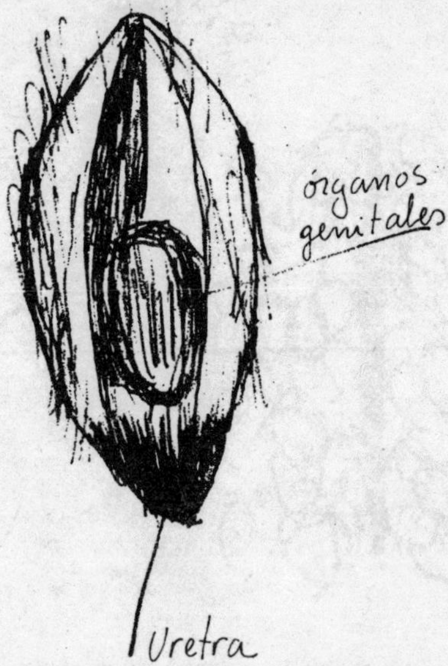

Un muchacho dibuja la vulva colocando en el fondo, bajo la entrada de la vagina, la uretra.

Pero también un joven médico presente ha querido dibujar y con aires de superioridad ha mostrado sus conocimientos científicos, con esta detallada parte externa. Pese a que, necesariamente ha tenido que aprobar el examen de anatomía, ha desplazado la uretra, situándola, esta vez sobre el clítoris.

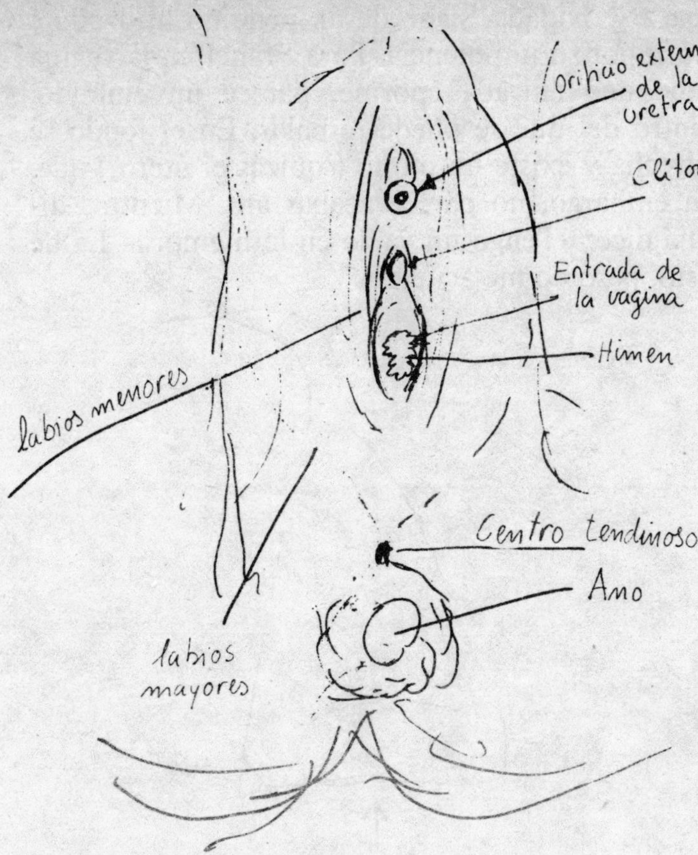

Actualmente todo el mundo sabe, tras las reivindicaciones feministas, que el clítoris es un órgano erótico importante, pero resulta insoportable el imaginarlo lejos de la vagina, autónomo respecto a las solicitaciones del pene en el coito.

Estas dos representaciones del interior de la vagina son de dos pacientes. El primero es Francisco, que en el «sueño guiado» ve una espada opaca y oxidada, signo de un pene no utilizado e inútil por su impotencia. Para Francisco la vagina tiene una entrada enorme, parece un embudo, dentro del que se puede resbalar. En el fondo se estrecha y existe un punto (¿quizás el útero?) que, sin embargo, no parece acabar allí. Mientras dibuja dice: «Tengo un vacío en la memoria. La he visto, pero no me acuerdo».

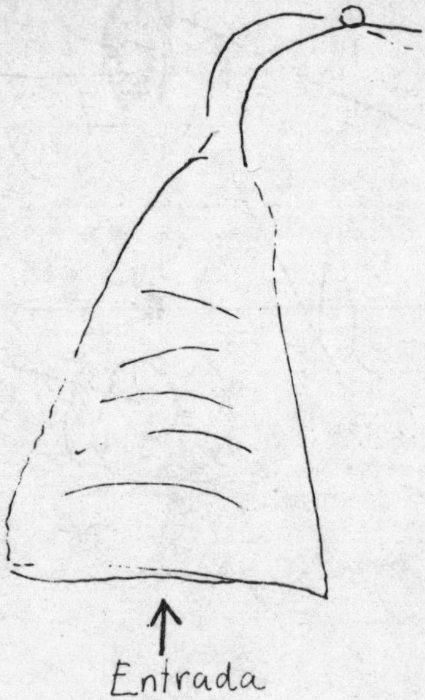

La vagina-balón, aplastada por un enorme útero es de Lucas, el que persigue a la mujer ideal, mientras siente tanto pánico ante las reales que, a los veintitrés años aún no ha besado a ninguna. También él exclama al dibujar: «La he visto en un libro el otro día; pero ahora no me acuerdo».

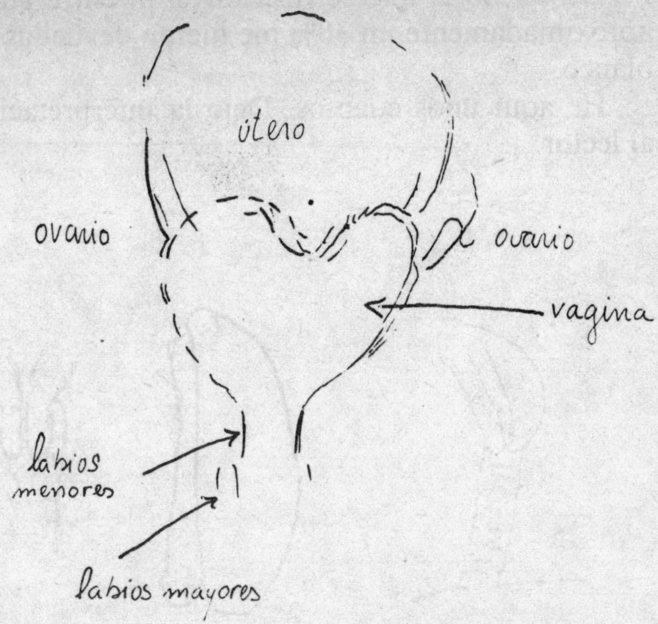

Francisco, Lucas y muchos otros han visto la representación científica de la vagina en los libros o las revistas de divulgación científica. Pero la fantasía, repleta de antiguas creencias no consigue liberarse de ellas.

El siguiente grupo de dibujos pertenece a asistentes sociales y sanitarios, comadronas, psicólogos, psico-pedagogos y médicos, que trabajan juntos en los «consultorios familiares» públicos y, con frecuencia, han de ocuparse de los problemas de la sexualidad. La ocasión de encontrarlos reunidos eran unos cursillos sobre los problemas psicológicos y sexuales que acarrea la anticoncepción.

De las hojas que se distribuyeron entre ellos, aproximadamente un 30% me fueron devueltas en blanco.

He aquí unos cuantos. Dejo la interpretación al lector.

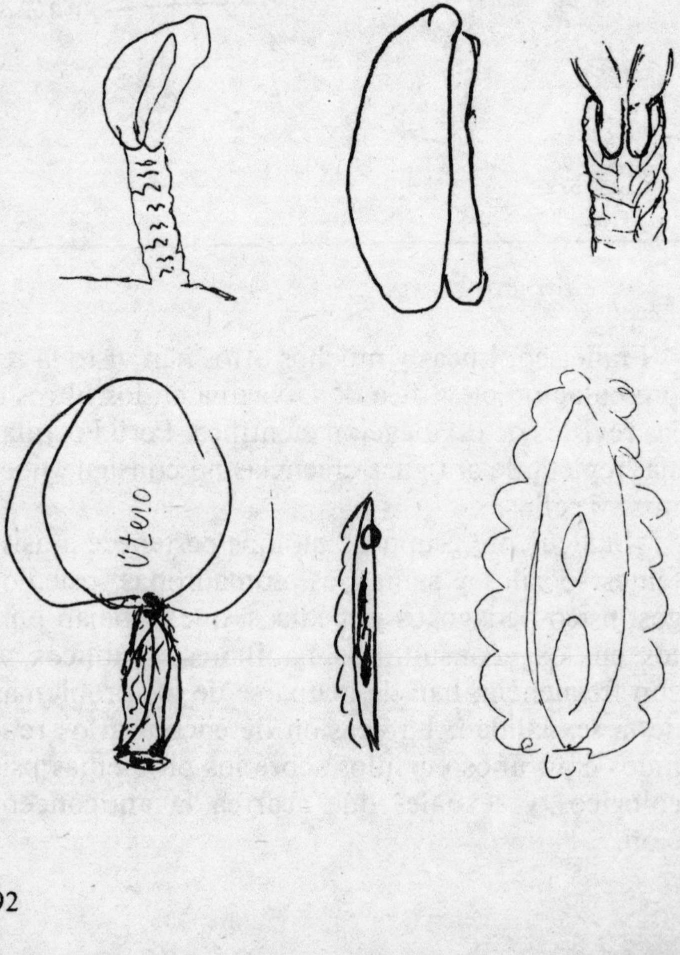

XIV. Conocer

El cuerpo femenino es misterio.
Es misterio porque su sexo está oculto.
Es misterio porque se tiñe de rojo.
Es misterio porque de él nace la vida.
Misterio: la fascinación de lo desconocido.

Fascinación, sí, pero también miedo. Miedo a lo desconocido, miedo a la oscuridad. ¿Dónde acaba esa apertura? ¿Qué sucede allí dentro? Cuando nos aproximamos a la incógnita existe siempre la curiosidad y el temor.

La literatura erótica, al describir los encuentros amorosos, privilegia el órgano sexual del hombre, haciendo un mito de su potencia. Referente a la mujer, el erotismo exalta todas las partes del cuerpo, desde el seno a las piernas, de los pies hasta el cuello, de las manos a la boca, a los cabellos, pero deteniéndose en la superficie, rehusando penetrar más allá de los labios de abajo. ¡Oh, sí! el sexo femenino es fotografiado y en las revistas más explícitas las manos ensanchan los labios para poner a la vista su apertura. Pero la finalidad no es la amistad, el dar a conocer, sino la de provocar la emoción, la excitación, esa excitación que produce escalofríos, como el que nos recorre la espalda cuando nos asomamos a un precipio.

El miedo ha prevalecido sobre la curiosidad científica o erótica. Y esto ha impedido el conocimiento del cuerpo sexual, que, sin embargo, es indispensable para la mujer, para quien permanece desconocida una parte de sí misma, con toda su potencialidad positiva, y del propio hombre que se le aproxima para darle o recibir caricias.

En Occidente se piensa que el conocimiento anatómico de los órganos sexuales sea una forma de enfriar los deseos eróticos. Únicamente el amor romántico ha dado al sexo una valoración positiva más alta, pero entonces existe la pasión, el momento mágico en que a los genitales se les suprime el significado negativo y se unen al cuerpo amor, un poco furtivamente con la idea de que eso sucede porque, como se sabe, «el amor es ciego».

Desgraciadamente, la medicina positivista tradicional, ha nacido para ocuparse, preferentemente, del cuerpo enfermo y se preocupa por las enfermedades[1]; y cuando se refiere a la anatomía toma como modelo el cuerpo diseccionado de un cadáver. Esta es la razón por la que existe una resistencia hacia el conocimiento de los órganos sexuales. Una resistencia, en resumen, justificada; la medicina, en general, se refiere al cuerpo que, fundamentalmente, ha perdido su sentido vital. Se trata de un cuerpo muerto o inmóvil o bien descrito mecánicamente en todas sus funciones fisiológicas.

Por este motivo, el lenguaje clínico es frío, tan helado como el bisturí que hurga en el interior del cuerpo para descubrir sus secretos, desinteresado en su forma de clasificar y catalogar, alejado del origen de las sensaciones y, por lo tanto, separado de la mente que las ha creado, lejano de aquellos sentimientos que sólo la poesía puede recuperar, en forma totalmente «diferente» a la información.

En el pensamiento Oriental, el cuerpo, los procesos corporales y los órganos sexuales son representados en forma totalmente distinta, tanto si se trata del indio Tantra como del chino Tao, que contemporáneamente proponen un modelo dinámico y energético, lleno de la vida de las sensaciones. «Amáos, amad vuestro cuerpo. Es vuestro templo, el crisol de todas las alquimias. Tratadlo bien y os revelará los más profundos de sus misterios». Así se inicia el Tantra, filosofía religiosa que aparece en la India en el siglo V (a.J.C.) en la que el cuerpo humano asume una importancia primordial y se convierte en el centro de toda técnica de liberación espiritual.

El cuerpo humano, de acuerdo con la tradición tántrica, es la reproducción en miniatura del Universo. En él se encuentra la energía divina (y en él la divinidad) como en todas las cosas; el despertar progresivo de la conciencia no es más que la propia realización divina. En la tradición hindú, la unidad como realización más elevada está representada por la unión del dios Shiva, el principio masculino simbolizado en el «lingam» (pene), con la diosa Shakti, el principio femenino, simbolizado por el «yoni» (la vulva).

La unión de Shiva y Shakti crea el Universo. El acto sexual se considera, de hecho, como el medio supremo para llegar a la conjunción con lo divino. Por eso en la India clásica, aún no invadida por los musulmanes o el colonialismo, el erotismo es estudiado sin velos.

El modelo oriental refleja, en efecto, la unidad de la persona, sin divisiones entre cuerpo y espíritu y representa la unidad funcional, ligada al cosmos que lo circunda. Antes de la era cristiana los orientales habían descubierto la circulación sanguínea y los procesos de la respiración y funcionamiento de las vísceras e, incluso, las correlaciones existentes entre ellos. (Para no correr el riesgo de colocar a los orientales como los héroes de la fábula, he de añadir que muchos de estos descubrimientos los efectuaron observando el cuerpo aún caliente y palpitante de las víctimas del suplicio). Sea como sea, el lenguaje utilizado para describir los genitales femeninos y para proporcionar los detalles (detalles que la anatomía occidental ignora o que carece de la terminología correspondiente) utiliza un lenguaje que posee gran dimensión analítica, sin perderse, por ello, en la frialdad de la objetividad occidental.

Tomemos un ejemplo, sacado del tratado chino del Tao, que se refiere al sexo: el clítoris es llamado «el grano de trigo», o «la terraza de jade». «Fuente de jade» es llamada la parte esterna de la vulva, donde se hallan los labios mayores. «Puerta de jade» es la vagina en su totalidad.

Además, «las diversas profundidades de la vagina» se indican con el nombre de ocho valles:

«la cuerda del laúd», 2,5 cm de profundidad.
«la punta del castaño» (de Indias), 5 cm de profundidad.
«el pequeño torrente», 7,5 cm de profundidad
«la perla negra», 10 cm de profundidad
«el valle gracioso», 12,5 cm de profundidad
«la cámara profunda», 15 cm de profundidad
«la puerta interna», 17,5 cm de profundidad
«el polo norte», 20 cm de profundidad.

Las informaciones y el conocimiento del cuerpo y su funcionamiento constituyen una obvia guía y una necesidad, tanto para los niños como para los adultos. El conocimiento del cuerpo sensual es un bagaje indispensable para el conocimiento del propio cuerpo y de los cuerpos distintos al de uno mismo.

El animal hombre no nace autónomo. El cachorro humano necesita muchos años para crecer, para reconocer el lenguaje y las técnicas. También precisa de una guía para aprender a conocer sus necesidades y manifestarlas en formas aceptadas por la sociedad.

En la especie humana no existen necesidades que no se hallen plasmadas por la cultura. Si el hambre, por ejemplo, es una exigencia para todos, el alimento con el que diariamente nos nutrimos es elaborado y comido de forma diferente, de acuerdo con la cultura. Ya quedan pocos seres en el mundo que se alimenten exclusivamente de bayas o de carne de animales recién cazados. Los seres humanos han aprendido a guisar en formas distintas y variadas.

Durante siglos nos han enseñado, en Occidente, que el sexo es una faceta animal, instintiva y «natural» y, en consecuencia, inferior a la mente y al espíritu. Aunque hoy en día la sexualidad haya sido revalorizada y permitida, ha sobrevivido la idea de que el sexo sea una parte instintiva e innata, y por lo tanto la información sexual tiende a centralizarse, exclusivamente, en los aspectos reproductivos y sobre determinados riesgos que comporta «hacer el amor», como son los embarazos indeseados o las enfermedades venéreas por contagio.

Pero la sexualidad es la expresión psicosomática de una necesidad, expresada con el «soma», es decir, con el cuerpo, que es el mediador y fin de nuestra «psiquis».

Conocer, conocernos, se convertirá en este caso en una parte de un rito psicológico, cuya finalidad es la transformación de la fantasía y de la conciencia.

En los grupos de *self-help*, la autovisita ha sido, quizás, la primera experiencia declarada de reconocimiento de la propia «interioridad». Los grupos de *self-help* se organizaron con el justificante de la salud, que identificaron en la medicina oficial una de las barreras de la opresión femenina. Este deseo del propio conocimiento de sí misma, quedaba amparado bajo un fin humanitario y científico. Se descubrió que el espéculo[3] de plástico es un instrumento muy económico, que toda mujer puede comprar y utilizar para conocerse «por dentro», controlando de esta forma su salud. La atmósfera en las reuniones de *self-help,* antes de la demostración de la autovisita, estaba llena de ansia y de temor; pero, sobre todo, de curiosidad. Una mujer del grupo se desnudaba, se mostraba, enseñaba cómo ha de introducirse el espéculo en la vagina y como se ilumina con una pila. Además del aspecto de la «salud» está también el del conocimiento: el agujero negro, dilatado por el espéculo e iluminado por la pila, se revela como lo que es: hecho de carne, con contornos bien delimitados y con el colorido de la garganta.

El conocimiento de los propios órganos sexuales en grupo ha resultado para muchas mujeres una experiencia muy singular. Concediéndose la posibilidad de ver juntas y recíprocamente cada una a sí misma y los genitales de la otra; pudiéndose comparar, las fantasías se reducían a sus verdaderas dimensiones, se alejaban y se conocía la realidad.

Muchas mujeres, antes de su ingreso en el grupo, se imaginaban y estaban convencidas de poseer anomalías o malformaciones especiales: pequeños labios[4], demasiado largos o excesivamente oscuros, vaginas infantiles, vello en los pezones, senos pequeños o demasiados grandes, todo visto y considerado como enfermedad en lugar de ser aceptado como característica del propio cuerpo.

Se descubrió, por ejemplo, que las morenas tenían mayores problemas para desnudarse, convencidas de que el sexo de las rubias era mejor, puesto que tenía coloración «rosada», mientras el suyo era decididamente «demasiado oscuro». La mujer rubia aparecía como menos sexuada por ser su triángulo piloso y su piel más claros, y por lo tanto menos destacados. No se tenía en cuenta que los labios de abajo son siempre del mismo color que los labios de arriba, tanto en las rubias como en las morenas.

En este proceso de crecimiento del conocimiento en el seno del grupo, para muchas mujeres su cuerpo se ha transformado, haciéndose, poco a poco, más amistoso, más tranquilizante, más aliado.

«Cuando me vi por primera vez tuve el gozo de descubrirme entera»; «Tuve una sensación muy agradable y una gran emoción»; «Desde que me conozco me gusto más y me parece que ha cambiado hasta mi forma de hacer el amor».

La experiencia del *self-help,* también ha servido para los hombres que se han visto arrastrados por el reflejo. *Francisco* tiene cuarenta años. Una amiga suya, que había aprendido a utilizar el espéculo en un grupo feminista le invitó un día a contemplar el interior de su vagina.

«Fue toda una revelación» dice «era completamente rosada. Jamás había pensado en esa parte de ella. Creo que, desde entonces, han cambiado mis relaciones con las mujeres. Son más dignas de respeto... no lo sé; pero, ciertamente, aquel día me sentí muy enternecido».

«Era completamente rosada»; también Francisco la había imaginado de color oscuro, negra, tenebrosa, misteriosa y, ya se sabe, con lo desconocido no pueden permitirse ternuras, reservadas para lo que se conoce.

La práctica del *self-help* resulta ser un instrumento educativo y en parte un método psicoterapéutico que toma en consideración sólo una parte de la mujer, pero los efectos que provoca, dando una fisonomía a la vagina, se extienden al total de la personalidad. Aunque no pueda considerarse el *self-help* una psicoterapia orgánica, la aproximación al propio cuerpo tiende a convertirse en terapéutica.

Conocer y experimentar la vagina «real» contribuye a modificar y corregir las fantasías negativas. Reconocer la existencia de la vagina como «otro» órgano distinto al útero, distinto al vientre, subraya sus límites, cierra su forma incompleta y establece una identidad corporal que tiene en sí su conclusión.

Se recurre a la imaginación cuando las experiencias están prohibidas. Pero «imaginar es muchísimo más terrible que la realidad, porque tiene lugar en el vacío y se halla alejada de toda prueba. No existen manos para defenderse en aquella cámara interna de torturas espectrales. Pero vivir la realidad del acto obliga a hacer acopio de energía, valor, brazos y piernas para combatir, de forma que la guerra se convierte en una alegría. Combatir un dolor, una pérdida, un insulto, una desilusión, una traición real es infinitamente menos difícil que pasar una noche insomne luchando con fantasmas. La imaginación sabe inventar torturas mejor que la vida, porque la imaginación es un demonio que llevamos en nuestro interior y sabe dónde debe atacar, dónde puede herir. Conoce el punto vulnerable, mientras lo ignoran la vida, nuestros amigos, nuestros amantes, porque muy rara vez su imaginación coincide con esa tarea»[5].

Epílogo

La vagina no es hermosa ni fea, ni buena ni mala. La vagina es una parte del cuerpo humano, de la misma forma que los ojos son los ojos, la garganta es la garganta y la boca es la boca.

Es una parte del cuerpo de la mujer, lo mismo que el pene del cuerpo masculino.

Cualquier objeto o sentimiento que nosotros consideremos enemigo —sexo, rabia, amor, avidez o cualquier otra cosa— lo convertimos en enemigo al objeto de nuestros sentimientos.

Más allá de los labios se encuentra un órgano del cuerpo humano, igual a los demás. Si continuamos pensando que es feo, sucio y enemigo, es porque nuestro pensamiento lo ha convertido en tal y porque nuestro pensamiento lo ha hecho así. Y por eso, mentalmente lo tenemos miedo, hacemos de él una fuente de temor.

El miedo no es algo equivocado que haya de superarse a fuerza de valor. El miedo es un sentimiento espontáneo, como el amor, la tristeza o la alegría... y, como sentimiento, no es ni bueno ni malo: sencillamente, *es*.

El miedo, como cualquier otro sentimiento, es considerado, escuchado y recibido por la conciencia, tanto en la carne como en la mente.

El miedo ha de ser reconocido y aceptado; en caso contrario serpenteará por nuestro cuerpo, expresándose en la falta de deseo, en la impotencia, en la frigidez y en el desamor.

Lo femenino asusta a los hombres y ellos se defienden agrediendo a las mujeres. Dos seres asustados que quizás logran disimular su miedo pero que, precisamente por eso, no logran encontrarse, llegar a la intimidad.

La llaman «la guerra de los sexos».

A mí la guerra no me gusta. Yo amo la paz. La guerra continua agota las energías, impide edificar juntos, vivir.

Quiero encontrarte, hombre, sin seducción, sin que tú tengas miedo, sin que tú te defiendas, sin tenerme que defender de tu violencia y tu temor.

Quiero el encuentro, la paz contigo.

Porque si tú tienes miedo, eso significa que yo soy una cosa fea y mala; pero tú también te vuelves así, porque en tus ojos no se refleja una mujer, sino un monstruo.

No; no *debes* ser valiente. Tan sólo, mírame.

¿No ves que yo también tengo miedo?

Si logramos vernos, reconocer que somos como niños asustados, conseguiremos encontrarnos; llegaremos a hallar lo que de verdad deseamos para los dos. Estar juntos. Amarnos.

Apéndice

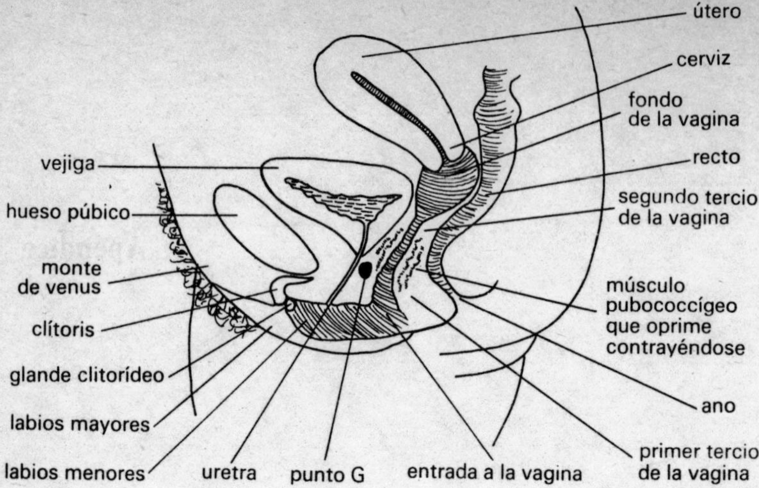

útero
cerviz
fondo de la vagina
vejiga
recto
hueso púbico
segundo tercio de la vagina
monte de venus
músculo pubococcígeo que oprime contrayéndose
clítoris
glande clitorídeo
ano
labios mayores
primer tercio de la vagina
labios menores
uretra
punto G
entrada a la vagina

Experimentar

Todo lo que se refiere a la relación con el propio cuerpo es natural y legítimo, si no causa daño a nosotros mismos o a los demás. Estos ejercicios proponen un comportamiento obvio: interrogarse, mirarse y tocarse para conocerse. Se hallan dirigidos a aumentar la conciencia y el contacto que son característicos de la vitalidad. Entrar en contacto es una de las formas de ser consciente. ¿En contacto con qué? Con todo aquello que se halle en el radio y al alcance de las percepciones y de los sentidos. Estar en contacto significa ser conscientes de todo lo que sucede dentro de nosotros y a nuestro alrededor.

Toda percepción sensorial se inicia con la percepción de sí mismo, es decir, el propio cuerpo. Cuanta mayor vitalidad se posea, más agudas serán las percepciones, mientras si ésta es limitada y restringida, también la vitalidad disminuye. Estamos habituados a identificar el conocimiento con el intelecto, pero existe un tipo de conocimiento distinto al intelectual y es precisamente el que se deriva del contacto. Negarse esta forma de conocimiento es como eliminar una parte de la propia vitalidad.

Se pueden saber muchas cosas, pero no se puede vivir exclusivamente con la cabeza, sin saber lo que sucede debajo del cuello.

Estos ejercicios nos enseñarán a percibir nuestro propio cuerpo y entrar en contacto con él, y también a descubrir lo que, hasta el momento, lo ha impedido.

Algunos de estos ejercicios son empleados en la psicoterapia, aunque el seguirlos no es suficiente para efectuar un verdadero tratamiento. Algunas personas precisan ayuda externa, añadida a su total deseo de cambiar. Ninguna de estas indicaciones prácticas ha de ser considerada como un imperativo; hay que tomarlas como sugerencias, ante las que, primeramente, se ha de reflexionar. Si se siente vergüenza, desazón o malestar, hay que pararse. No es tan importante el obedecer a estas normas como el afrontarlas con espíritu de aventura.

En femenino

Una mujer puede crecer, menstruar, hacer el amor, parir y, pese a ello, no conocer completamente su cuerpo, ignorar o rechazar una parte del mismo. Con frecuencia se descubre, en la relación con otro, la desazón al sentirse contemplada, el temor a ser juzgada, la inmovilidad, interpretada como un deber, el placer no sentido del todo.

Si las reglas han impuesto el silencio, el «de eso no se habla» ha acabado por ser la respuesta más frecuente al deseo de saber. Y no sólo el «de eso no se habla», sino también el «no se siente», «no se mira», «no se mueve», «no se toca». Por esta razón, el cuerpo femenino ha acabado por ser el producto de una fantasía.

Pero el cuerpo es lo que somos, nuestra identidad comienza por el cuerpo y por el sexo. El cuerpo es nuestra esencia más antigua. Rehacer la geografía del cuerpo femenino, explorar el continente «desconocido» de su sexo significa poder hacer más tarde viajes bellísimos sin temor alguno.

¿Lo conoces ya?

Incluso los grandes concertistas se ejercitan diariamente, y repiten las escalas de su piano. De la misma forma, la mujer que ha descubierto su cuerpo puede enriquecer sus posibilidades, pensando, interrogándose sobre su femineidad, sobre la forma que la ha aprendido, sobre el modo de reaprenderla.

La identidad sexual

La identidad sexual consiste en la aceptación real del propio sexo. Si pertenecer al sexo femenino es, indiscutiblemente, un hecho fisiológico, aceptar o rehusar el cuerpo de mujer se halla en estrecha relación con los sentimientos que se han aprendido en la infancia. Una niña cuyo sexo haya sido aceptado y apreciado por los padres, cuando llegue a mujer se sentirá fundamentalmente mucho más positiva respecto a su propio cuerpo y a su propia femineidad. El revivir las sensaciones de la infancia referentes a su identidad femenina y las primeras experiencias sexuales pueden proporcionar importantes indicaciones sobre lo que es actualmente su actitud o su comportamiento hacia el cuerpo.

El caso de una de mis pacientes puede ser ejemplar. *Juana* se presenta en mi consulta, enviada por un ginecólogo, por un problema de amenorrea. Hace un año que no tiene menstruaciones y considera que su trastorno es orgánico. Mediante los coloquios descubro que sus padres esperaban un varón y que quedaron decepcionados por su sexo. De esta forma, para lograr su amor, Juana, inconscientemente, borraba los signos de su femineidad y, obviamente, no aceptaba su cuerpo. Pero para descubrir esto y resolver el problema de su amenorrea, la muchacha ha necesitado hacerse preguntas, detenerse atentamente y reflexionar sobre ello.

Estas preguntas son inspiradas por ejercicios de análisis transacional[1]. Estas preguntas, que te haces tú misma, son un análisis para descubrir tu actitud psicológica hacia tu género sexual femenino, hacia tu sexo, hacia tus genitales, hacia tu pareja.

No contestes automáticamente. No te des prisa. Tómate tiempo. Piénsalo bien. Vuelve a ello, si lo consideras necesario, empieza por recordar lo que se te ha dicho respecto a tu nacimiento:

— ¿Sabes cuál fue, en el momento de tu nacimiento, el efecto que les causó a tus padres el saber que eras una niña? ¿Eras lo que ellos deseaban?
— En caso afirmativo, ¿cómo lo has sabido?
— En caso contrario, ¿cómo has recibido el mensaje? ¿Qué has sentido?
— ¿Qué imagen de la femineidad has incorporado? ¿Cuáles has rechazado?
— ¿Tu padre creía que las mujeres eran personas positivas y se comportaba de acuerdo con este criterio?

—¿Tu madre pensaba que el ser mujer era una cosa buena? ¿Se comportaba en consecuencia con esta idea?
—¿Cuáles de estas actitudes has aceptado?
—¿Cuáles has rechazado?

Un regreso a la infancia

Desde que comprendemos lo que somos o lo que habíamos pensado ser, se inician muchas de nuestras actitudes actuales, respecto de nosotras mismas y hacia el otro sexo. Si en la infancia hemos recibido mensajes positivos, actualmente no tendremos problemas con nuestro cuerpo, y si los mensajes de nuestra infancia no han sido todos positivos (como es el caso más frecuente), esta es una buena ocasión para modificar y mejorar nuestra actitud respecto a nosotras mismas.

Sin darnos cuenta, muchas veces continuamos comportándonos con nosotras, tal como nuestros padres nos trataban. En este caso, aferrándose a los recuerdos de la infancia, el *video-casette* proyecta actitudes de tus padres y de tus educadores sobre los temas del cuerpo y del sexo. No hemos de olvidar que los episodios lejanos persisten en nuestra mente, aunque no pensemos en ellos, aunque ya no los recordemos.

Olvida, no hagas caso de tu edad ni de tu experiencia. Vuélvete de nuevo niña:

—¿Qué dicen los adultos de tu curiosidad sexual?

¿Sus comentarios son razonables? ¿Críticos? ¿Cargados de prejuicios? ¿Destructivos? ¿Amenazadores? ¿Indulgentes?

— ¿Ignoran el tema? ¿No hablan? ¿Te ponen en ridículo? ¿Te avergüenzan?
— ¿Qué tipo de palabras utilizan para hacerte ir derecha?
— ¿Cómo llaman tus órganos sexuales, si es que los nombran?
— ¿Qué dicen de tu cuerpo? ¿Qué parte no les gusta?; caso de existir ésta, ¿qué parte les gusta?

Entra ahora en contacto con tus sentimientos actuales y hazte las siguientes preguntas:

— ¿Cuál es, actualmente, tu sentimiento básico referente a tu cuerpo? ¿Y especialmente hacia tus órganos sexuales? ¿Es de culpa? ¿Alegría? ¿Vergüenza? ¿Quizás otra cosa?
— ¿Los sientes como aislados o para ti están unidos a otras partes del cuerpo?
— ¿Tienes sensaciones y sensibilidad en esa zona, aunque no sea tocada?
— ¿Qué papel crees que representan en tu vida? ¿Una función biológica? ¿Un medio social? ¿Una fuente de placer para tí?

Enrojecer

Es raro encontrar mujeres que hayan vivido con seguridad la primera menstruación, símbolo de su crecimiento. Hay quien ha llamado a la menstruación «maldición». Resulta lógico que esto lleve más tarde a una posición negativa frente a la sexualidad y al propio cuerpo femenino.

En otras culturas, la menstruación es saludada con una fiesta, un rito que representa la entrada al estadio adulto, tan importante como los ritos de iniciación para los varones jóvenes.

— ¿Recuerdas tu primera menstruación?
— ¿Recuerdas lo que pasó y lo que sentiste?
— Si tu primera menstruación no va unida a feliz acontecimiento, hazlo ahora tú. Para tu próxima menstruación prepara algo que te satisfaga para celebrarla: ¡Eres una mujer!

Mirar

«¿Cómo me ve él?, se preguntó. Se levantó y llevó un amplio espejo cerca de la ventana, apoyándolo en el suelo contra una silla. Luego se tendió enfrente y abrió lentamente las piernas. La vista era encantadora. La piel era inmaculada, la vulva rosada y llena. Pensó que era como las hojas del árbol de la goma, con su leche secreta que la presión de los dedos podía hacer surgir; la mixtura perfumada que se asemeja a la de las conchas marinas. Así era Venus, nacida del mar, en su interior con ese pequeño grano de miel salada, que tan sólo las caricias logran hacer salir de los rincones escondidos de su cuerpo.

»Matilde se preguntó si lograría hacerlo salir de su misterioso escondrijo. Abrió con los dedos los pequeños labios de la vulva y empezó a acariciarlo con la dulzura de un gato. Adelante, hacia atrás, lo acarició como hacía Martín con sus oscuros dedos, más nerviosos... También ella lo cogió, como él hacía, con el pulgar y el índice.

»Con la otra mano libre empezó a acariciarse. Sintió el mismo deleite que experimentaba bajo los dedos de Martín. Desde algún lugar oscuro estaba llegando un líquido salobre que recubría los bordes de su sexo, que brillaba y brillaba...»[2].

Muchas mujeres jamás han mirado su sexo.

Parece increíble que una persona, en el curso de su vida, no se haya contemplado las manos, los pies, la cara ante el espejo. Pese a ello, muchas mujeres creen que el sexo no ha de ser observado. «El médico o tu pareja, sí; ellos pueden mirar. Pero yo, no». ¿Por qué? ¿Tal vez se trata de una parte del cuerpo que no te pertenece? Es importante reflexionar y recordar cuándo y dónde se ha aprendido esa actitud.

Muchas mujeres tienen la impresión de que su sexo es obsceno, ridículo, desagradable, que emana un olor fétido, que no pueda ser deseable y, sobre todo, que no sea la parte más bonita de su cuerpo. Una mujer que se siente así, experimentará repelencia a compartir su intimidad sexual con otra persona.

Ahora que eres adulta, intenta desligar bien las ideas, los mensajes y los sentimientos que proceden del pasado de tu educación con tus exigencias actuales.

Una costumbre muy útil es la de aprender a observarse con cierta frecuencia los genitales mediante un espejo. Notarás que el conocimiento de los genitales modifica la visión que la mujer tiene de sí misma y de sus relaciones con los hombres. Coje un espejo y mira:

— Puedes observar cómo está hecho tu propio sexo.
— Si separas los labios externos, puedes lograr ver cómo es el clítoris, cómo son los labios internos, o labios menores, que señalan la entrada de tu vagina.
— Compara el color de los labios «de abajo» con el de tu boca.
— ¿Cómo te sientes cuando te dedicas a esta investigación?
— ¿Te sorprende lo que ves?
— Si comparas la vulva, los labios externos y la entrada de tu vagina con tu boca, observarás que la apertura del sexo no difiere excesivamente de la apertura «superior» del cuerpo.
— Y si hasta ahora lo has considerado «extraño», es porque tu sexo ha sido mantenido en la oscuridad y en el secreto.
— Para verte por «dentro» puedes llevarte un espejo cuando acudas al ginecólogo y pedirle que te permita mirarlo.
— O bien, si prefieres hacerlo por tu cuenta, compra un espéculo de plástico en cualquier tienda de productos sanitarios.

— Antes de introducir el espéculo es conveniente aprender a utilizarlo, abriéndolo y cerrándolo varias veces. Se necesita, además un espejo y una luz (una linterna). Es aconsejable hacer pipí antes de la auto-visita.

Para introducir el espéculo pueden adoptarse varias posturas. Algunas prefieren tenderse supinas en el suelo, con las piernas dobladas, como para una visita ginecológica; otras se acurrucan, otras permanecen de pie, apoyando la pierna en la cama o en un taburete.

— El primer gesto para introducir el espéculo puede compararse al que se efectúa para la colocación de un «tampón» o absorbente interno. Lo importante es hacerlo en la forma más cómoda, sin forzar jamás. Puede hacerse necesaria la lubrificación para facilitar la entrada y puede usarse agua tibia o una crema cualquiera.

— Abre los labios externos con la mano izquierda y con la derecha introduce el espéculo (con el pico cerrado) perpendicularmente a los labios (es decir, siguiendo su natural dibujo y no de lado) ejerciendo cierta presión hacia abajo.

— Cuando el pico se halle totalmente introducido, gira la manilla hacia lo alto, hacia el clítoris.

— Aprieta las dos partes de la manilla, abriendo de esta forma el pico del espéculo y bloquéalo en esta posición. La apertura del pico hace que las paredes de la vagina se ensanchen permitiendo la visión del interior.

— Si la cerviz o cuello uterino no se ven o se ven

sólo en parte, extrae el espéculo (este aparato se ha de extraer siempre abierto, para evitar pellizcar, al cerrarlo, las paredes de la vagina o la cerviz, lo que resultaría doloroso). Vuélvelo a colocar, con delicadeza, con el pico un poco más hacia la derecha o la izquierda. Esto es debido a que el útero se desplaza fácilmente en el interior de la cavidad pélvica y, también, porque su posición varía en cada mujer. Lograr localizar el cuello uterino puede resultar un poco difícil las primeras veces.

— Es aconsejable efectuar estas primeras tentativas con otras mujeres ya experimentadas[3].
— El espéculo, una vez introducido, no tiene necesidad de ser sujetado y, por lo tanto, con las manos libres, se puede manejar el espejo y la fuente luminosa orientándolos hacia la apertura vaginal para poder observar su interior.

Tocar

Para crecer y conocer su propio cuerpo, todo niño tiene necesidad del contacto físico, de ser acariciado y mimado. A todos nos han tocado, por lo menos para alimentarnos y limpiarnos. Sin embargo, no siempre hemos sido tocados y acariciados con la debida frecuencia ni donde era preciso. Quien nos haya criado puede haber tenido algún problema para tocar nuestras partes sexuales o bien una de las formas de recibir el contacto puede haber sido negativa y desagradable. Al llegar a la edad adulta tenemos la posibilidad de reconocer lo que nos ha faltado y, por lo tanto, de otorgarnos las caricias y el contacto positivo del que tenemos necesidad, para después pedírselo a otro.

Acariciarse, tocarse, es hermoso. Es una forma de conocerse o, mejor aún, de reconocerse y de hallar placer.

En nuestra cultura, el tocarse y el acariciarse es una cosa que «no se hace». Acaba así sucediendo que con el «no te toques», no conocemos nuestro cuerpo, no conocemos nuestra piel, y que, para sentir, tenemos necesidad de los demás.

Ciertamente, es muy hermoso el que nos toque quien nos guste o el que amamos; lo que no es justo es que otros sirvan para proporcionarnos lo que nosotras mismas evitamos darnos.

— Para tomar contacto con tu cuerpo, extiéndete encima de la cama y relájate, con los ojos cerrados.
— Con la mano comienza acariciando lentamente, empezando por la cabeza, todas las partes de tu cuerpo que logres alcanzar sin esfuerzo.
— ¿Cómo te sientes cuando te tocas? ¿Existen partes de tu cuerpo que consideras como prohibidas? ¿Por qué? ¿Hay alguien que tenga el derecho de tocar estos puntos prohibidos?
— Acaricia tu piel ligeramente, con la yema de los dedos, observa su distinta consistencia en las diversas partes del cuerpo; la piel de las manos o las piernas, la piel de los senos, su sutileza cerca de las axilas o alrededor de los ojos.

— Acaríciate ahora con toda la mano. Palpa los músculos bajo la piel, tocándolos con más energía.

Fíjate bien. ¿Eres más sensible cuando te toca otro? ¿O cuando te tocas tú misma? Ya puedes pasar, si quieres, a otro ejercicio.

— Acaricia el pubis o monte de Venus, baja hasta el clítoris, rodéalo, donde y como más te guste.
— Busca, mientras te acaricias, tu ritmo preferido. Recuerda que cada mujer tiene el suyo y tan sólo ella lo conoce.

Ahora puedes mirarte al espejo y ver cómo ha cambiado la dimensión del clítoris y de los labios internos; cómo cambia, oscureciéndose, el color de las mucosas.

El área clitorídea es muy sensible, puede irritarse y doler, por eso es necesario lubrificarla en alguna forma: con saliva, con una crema, o bien con la misma lubrificación vaginal.

— Efectúa movimientos circulares, debajo, arriba y alrededor del clítoris o haciéndolo directamente sobre él.
— Prueba varios sistemas, atendiendo a tus reacciones, según vayas deprisa, despacio, fuerte o dulcemente.
— Puedes apoyarte sobre el vientre, de lado o sobre la espalda. Puedes hacerlo sentada o de pie. Hazlo todo con curiosidad y alegría.

¿Cómo podrías comunicar a otro lo que te gusta, si tú misma ignoras las reacciones preferidas por tu cuerpo?

— Ahora puedes introducir dos dedos en tu vagina (para este ejercicio lo mejor es situarse en la posición que se adopta para colocarse un tampón).
— Si exploras tu vagina sientes sus pliegues, su cálida humedad. Percibes el cuello del útero en el fondo. Recuerda que el cuello del útero tiene la misma consistencia que la punta de la nariz (compruébalo), mientras las paredes vaginales tienen igual consistencia que las mejillas.
— Puedes notar, tocándola y excitándote, que la vagina se humedece cada vez más y se alarga, para hacerse más acogedora.
— Examina, dulcemente, la estructura muscular con las yemas de los dedos. Encontrarás los haces musculares que rodean la pared de la vagina. Compara los músculos de la derecha con los de la izquierda. ¿Uno de los lados está más tenso que el otro?
— Descubre la actividad de tu vagina contrayendo y aflojando los músculos vaginales, alrededor de tus dedos. Este ejercicio sirve para encontrar los músculos olvidados o negados.
— Puedes identificarlos mejor cuando, al hacer pipí intentes detener el chorrito a su mitad.
— Cuando hayas aprendido a mover bien estos músculos, colócate en la posición que prefieras y ejercítate a contraerlos y relajarlos alternati-

vamente, más o menos a la velocidad y ritmo de un vals.

— Repítelo cuando estés sentada, cuando estés de pie, cuando vayas por la calle, cuando te parezca. Nadie se dará cuenta.
— Recuerda que tienes que ejercitarlo todos los días; son muy importantes, no sólo para hacer el amor, sino incluso para tu salud física.

¿Queréis convertiros en protagonistas de una investigación sexológica? Buscad vuestro punto G. Aún no existen certidumbres referentes a él mientras escribo, pero su búsqueda puede ser interesante. Encontrarlo una misma resulta bastante difícil, pero no imposible.

— Procura tener la vejiga vacía, porque la presión puede estimular la micción.
— Siéntate o acurrúcate y aprieta con dos dedos la vagina, bajo el hueso púbico. Al mismo tiempo puedes ayudarte apretando simultáneamente con la otra mano sobre el abdomen, precisamente sobre el mismo hueso púbico. Mueve los dedos de forma que halles el punto que te proporciona mayor placer.
— Si has logrado localizarlo, aprieta y afloja la presión alternativamente. Este es el movimiento que ha de procurarte el placer más intenso.

Amarme a mí misma, ¿por qué no?

Muchas de las personas que se masturban no

se dan cuenta de que están haciendo algo verdaderamente útil para ellas mismas. Con mucha frecuencia se avergüenzan, considerando la masturbación «un bajo sucedáneo» del acto sexual. No saben que es uno de los procedimientos más sanos y normales para «entablar conocimiento» con el cuerpo y sus reacciones.

Esta actitud prohibitiva nace de la infancia y de la errónea convicción de que la masturbación convierte en «débiles» o «viciosos»; ideas muy extendidas, pero equivocadas e, incluso, muy peligrosas.

Pero si nosotros rechazamos nuestro cuerpo, su capacidad para sentir el goce y el placer (y el auto-erotismo constituye una de las formas mejores para identificar este aspecto de nuestra personalidad) no sabremos jamás vivir en modo justo y exacto nuestra sexualidad.

Considerar la auto-excitación como un pecado o acción inmoral, significa expresar una repugnancia (muchas veces inconsciente) a conocerse, a tocar el propio cuerpo, rehuyendo la responsabilidad, pero también los placeres y el enriquecimiento que nacen de nuestros deseos sexuales. Por otra parte, pregúntate: ¿Quién mejor que tú misma puede saber lo que te gusta? Esto te ayuda en tus relaciones con los demás. Por eso:

— Si no has podido masturbarte mientras crecías.
— Si no tienes pareja en estos momentos.
— Si tu pareja se halla lejos.
— Si, sencillamente, tienes ganas.
— ¿Por qué no?

En masculino

La emoción y la razón, es decir, el cuerpo y la mente, se hallan colocados en los antípodas de nuestra cultura. Es más en nuestra sociedad, el cuerpo ha sido históricamente penalizado para revalorizar la mente. Durante siglos, el cuerpo ha sido considerado como un animal peligroso y salvaje, al que había que domar y que mantener bajo el control de la infinitivamente superior señora «alma». Resultado: nuestro cuerpo acaba por parecer un extraño, que habla en idioma extranjero, un conjunto de partes autónomas y desligadas que no se entienden entre sí, mientras la emoción, degradada frente a la superioridad de la razón, resulta una desconocida.

Sentir emociones no significa ser infantiles o animales; la emoción forma parte de nuestras vidas, porque es una parte de nuestro yo, como la capacidad de razonar. Y la emoción no es eliminable, puesto que pertenece a nuestra esencia, nuestra forma de ser esencial. Se la puede negar, pero entonces envenena a la razón que, embustera, se obstina en esconderla.

Y dado que la emoción es expresada por nuestro cuerpo, aprender a volver a la unidad nuestro cuerpo, significa ponernos nosotros mismos en condiciones para vivir de forma total nuestras emociones.

Comprender esto, empezar a prestar atención a las emociones, entrar en contacto con ellas es una forma de enriquecerse. Mientras vamos adelantando en ese camino, sentimos mucho más.

Una regla fundamental en este aspecto es la que establece: la emoción es un movimiento interno.

En estas páginas encontraréis consejos y ejercicios prácticos para aumentar la capacidad personal de movimiento y de sensibilidad.

Usad estas sugerencias para reflexionar, haced los ejercicios para conoceros mejor, recordando siempre que el cuerpo no es una máquina o un robot, sino que por el contrario, son precisamente los frenos y los controles (que pronto se hacen inconscientes) los que provocan tensiones psicológicas, «caídas del placer», limitaciones vitales.

En esta ocasión es al hombre a quien se le propone un viaje por su cuerpo y por su identidad.

Una advertencia: el recorrido es largo, aventurero y excitante, por eso hay que efectuarlo sin prisas, tomándose todo el tiempo necesario para lograr llevarlo a cabo.

«El apéndice de los muchachos, si a veces hace reír, es porque evoca otras mil cosas distintas a su uso consagrado; en estado de reposo se puede pintar, retorcer como un sacacorchos, untarlo con mermelada, rodear una polea, coser la piel por encima del glande, regar a los vecinos, hacerlo desaparecer entre los muslos; en erección se puede transformar en una marioneta, en colgador, en palillo de tambor, en cuerpo de una guitarra; y los mismos testículos, con su caprichosa vegetación y sus movimientos de campana; y el ano, con su talento musical y su pulverizador de perfume; y el vello del pubis, que se puede peinar, teñir, afeitar, trenzar, cortar en forma de perilla...», dicen Pascal Bruckner y Alain Finkielkraut en *El nuevo desorden amoroso*[4].

Pero pocas veces el varón ha sido enseñado a sentir su pene de esta forma tan graciosa y distensiva. En cambio aprende, desde muy niño, que su propia importancia reside en ese apéndice y en las erecciones que pueda tener. Acaba por creer que sólo existe a través de sus genitales, olvidando el resto de su cuerpo que, en cambio, está, y completo, con todas sus necesidades.

«Mi cuerpo hombre» y también «mi piel», «mis piernas», «mis pies», «mi nuca», «mis axilas», «mis nalgas», «mis manos», «mis dedos»; por todos los lados soy «mi cuerpo», todo está unido. Descubrir todo el cuerpo significa descubrir el manantial de la sensualidad, de la sexualidad, del verdadero poderío.

Para hacer esto es necesario que el hombre ilumine y destruya los mitos que le impiden expresar sus deseos y sus necesidades más reales.

¿Cómo puede un hombre descubrir su cuerpo, su sexualidad y sus deseos? En primer lugar, hay que distinguir entre el «quiero» y el «no quiero», del «debo» o «no debo».

«Querer» es el verbo del cuerpo y de los deseos reales; «deber», en cambio, es el verbo de lo que se impone o nos viene impuesto.

Con el «debes» y el «no debes», muchos imperativos y prohibiciones se transmiten al varoncito en crecimiento y al adulto, bajo forma de mitos o mensajes. Proceden de la sociedad, de los amigos, de los padres y de todo el mundo exterior.

Aquí encontrarás una selección. El reconocimiento de estas órdenes y limitaciones culturales y su relación con tus deseos pueden serte de gran ayuda para lograr mayor comprensión sobre lo que piensas de tí mismo. Intenta preguntarte: ¿Alguno de estos «mandamientos» me afecta?

Debes

– Trabajar – Proteger – Controlar – Ser responsable – Ser activo por encima de todo – Estar arriba – Mantenerte arriba – Estar a la altura – Tomar la iniciativa – Estar siempre excitado – Ser el mejor – Ser siempre joven – Ser una máquina sexual –

Saber lo que has de hacer – Tener un gran pene – Tener éxito – Ganar puntos – Provocar orgasmos en las mujeres – Tirarte mujeres atractivas – Razonar – Esconder sentimientos de miedo, inferioridad y marginación – No abandonarte.

No debes

– Hacerte mimar o felicitar – Ser sensible – Divertirte – Fallar – Renunciar – Alegrarte – Ser vulnerable, débil o receptivo – Ser honesto referente a las reales necesidades sexuales, sobre todo con las mujeres – Abandonarte – Ser pasivo – Ser responsable de la anticoncepción.

Los mensajes que los «mayores» transmiten a un niño son, con frecuencia, contradictorios (y, al mismo tiempo, terriblemente lógicos), de forma que después le proporcionan reacciones igualmente contradictorias y equivocadas.

Dirigiendo la memoria hacia atrás recuerda los tiempos de tu infancia. Vuelve a ser un niño, porque eso puede resultar útil para comprender tus actitudes presentes.

— ¿Tus padres muestran o expresan una cierta admiración, más o menos velada, hacia tu pene?
— ¿Te amenazan, aunque sea en broma, con cortarte el pene (por ejemplo, con frases como: «Casi, casi, te lo quito»)?
— ¿Te amonestan en tono severo: «Si te lo tocas se caerá y se lo comerá el gato»?

— ¿Hablan con cortedad del pene y de los testículos?
— ¿Has pensado alguna vez que tu pene será siempre menor que el de tu padre?
— ¿Piensas que tu pene no será nunca lo suficientemente grande?

Compara esas sensaciones de infancia con las actuales.

— ¿Cómo vives tu pene?
— ¿Es una cosa útil para demostrar tu virilidad?
— ¿Constituye para ti una fuente de placer?
— ¿Tienes miedo de que no sea lo suficientemente grande, lo bastante largo, y de perfecto funcionamiento?
— ¿Fantaseas alguna vez sobre su posible pérdida? ¿Cuándo te masturbas? ¿Cuando haces algo que crees que no deberías hacer? ¿O en otras ocasiones?
— ¿Existen en la actualidad sensaciones desagradables que te recuerdan sentimientos análogos en tu infancia?

Si tienes tensiones o temores referentes a tu pene, recuerda que esto es debido, en gran parte, a la cultura en la que has crecido.

El hombre, respecto a la mujer, tiene una relación con sus propios genitales completamente distinta. Contrariamente a una muchacha que tiene la vagina anidada dentro de su cuerpo, un niño se acostumbra a ver «sobresalir» el pene en relieve de su barriguita. El pene atrae su atención desde los primeros años de su vida y eso hace que el niño se concentre sobre él, arriesgándose a olvidar las restantes partes del cuerpo, toda la demás superficie de la piel.

El peligro, por lo tanto, estriba en darle tanta importancia al pene, como si fuera lo único y exclusivo de la sexualidad; si «él» falla, todo se derrumba.

Devuelve tus órganos genitales a las dimensiones que tienen en la realidad.

Es un proceso útil para aproximarte a ti mismo y a las demás personas de forma menos unilateral (con las mujeres, contando sólo con el pene y temiendo no estar a la altura; con los otros hombres, instaurando una competición que, en el fondo, repite el juego infantil: «¡Veamos quién la tiene más gorda!»)

— Enciérrate solo en una habitación, desnúdate completamente y mírate en un espejo de cuerpo entero.
— Observa tu cuerpo en su totalidad.
— Observa tus genitales. Mira tu pene con ternura, como parte del cuerpo entero, unido a tu cuerpo, unido a ti.
— Recuerda que el estado normal del pene, durante toda la vida, es el de reposo. La erección es tu momento «extraordinario».
— Recorre con la mirada varias veces desde la cabeza a los pies. Descubre que el pene es sólo una parte de tu cuerpo, «razonablemente» pe-

queña en relación al mismo, en lugar de concentrar la mirada únicamente en ese órgano.

— Contempla tu pene de perfil. Descubrirás que no es un arma, sino más bien un «puente». Un puente útil para llegar hasta otro ser humano. Si hoy el puente no nos une con la otra orilla, paciencia; siempre queda tiempo para «lanzarlo» la próxima vez.
— Toma un espejito y observa tu pene y los testículos por debajo.
— Date cuenta de que pene y testículos están estrechamente unidos; los testículos no son «otra cosa», una cosa de serie B.
— Mira tus testículos con atención, con emoción, con afecto.

También sobre los testículos pueden nacer «mitos», ideas preconcebidas, modelos que, más tarde, producen en el individuo preocupaciones o rechazo de esta parte del cuerpo.

«Toda la estatuaria en mármol nos hace pensar que los testículos habrían de ser sólidos y lisos. En realidad, el escroto sólo se halla tenso poco antes de la eyaculación, cuelga durante la mayor parte del tiempo. Es más, cuelga más o menos, se contrae o dilata con los cambios de temperatura, con el fin de que los espermatozoides en su interior no acusen los cambios térmicos... Existen muchas diferencias en la forma y textura del escroto. Algunos hombres tienen testículos muy voluminosos, otros los tienen pendulares, otros ligeramente velludos, etc».[5]

Pene y testículos son las «terminales» de ese complejo mecanismo que es la sexualidad, la cual pasa a través de todo el cuerpo.

Más allá de un tabú

El ano es una zona erótica, tanto para los hombres como para las mujeres, pero la mayor parte de las personas opinan que no está destinado para el placer.

Su exclusión del mapa de las zonas erógenas se debe, principalmente, a dos factores. Uno, de inmediata evidencia, es la defecación. Por el ano se expele lo que ya no sirve, lo que es inútil, lo que es feo y maloliente. Cuando se quiere mandar a alguien al infierno, el lenguaje vulgar lo traduce por un muy explícito: «¡Vete a la mierda!», es decir, a un producto del ano.

El otro factor de exclusión es más sutil y profundo; el terror que muchos hombres sienten hacia la homosexualidad que se realiza, como es sabido, introduciendo el pene de uno en el ano del otro.

Muchos hombres viven pensando en esta relación como violencia, desfloración, afrenta, pasividad, pérdida de la virilidad, afeminamiento: la máxima pena que puede soportar un hombre «verdadero». Y de esta forma el miedo se convierte en un tabú, un tabú tan fuerte, que el hombre sólo lo toca para limpiarlo, no atreviéndose a ir más allá.

En realidad, cada parte de nuestro cuerpo ha sido creada ya sea para la supervivencia pura y simple o para darnos la posibilidad de gozarla, para proporcionarnos el placer de vivir. Tomemos, por ejemplo, la comida, sobre la que no gravitan los tabúes existentes sobre el sexo; la boca y el paladar están hechos para comer y sobrevivir alimentándonos. Pero nosotros intentamos, en todo lo posible, hacer más sabrosos los alimentos, gozar del placer que nos proporcionan las papilas linguales.

La nariz nos sirve para respirar, pero también para gozar del perfume de una rosa.

Así están hechas las restantes partes del cuerpo, incluso el ano. Es difícil superar antiguas prohibiciones, pero tal vez sea en el orificio anal y en sus proximidades donde se sitúa una mayor sensibilidad receptiva, fuente de gratas sensaciones.

Los ejercicios que se proponen han de hacerse con dulzura, dejando libre la imaginación.

Si jamás has tocado tu ano en forma erótica:

— Intenta imaginarte que lo vas a hacer.
— Intenta imaginar los sentimientos de repulsión o de excitación que eso te produce.
— Mira en un espejo tu ano y el tejido que lo circunda.
— Si fuerzas dulcemente tu dedo en el centro del ano, éste lo absorberá.
— El ano también se contrae si tocas el perineo, es decir, la parte que va desde el escroto al ano. Su piel, por regla general, es más oscura que la

de las zonas próximas y, con frecuencia, se halla revestida de vello.

Más allá de los temores

Quienes contestan las cartas que reciben las revistas en sus secciones de divulgación médica o enseñan en las escuelas la educación sexual, pueden confirmar que las preguntas más angustiosas por parte de los hombres corresponden a «él», a su longitud, su grosor, su tamaño.

En el Tao, también el emperador Huang Ti siente otra preocupación y habla de ello con su consejera Su Nu:

Huang Ti: ¿Por qué los preciosos falos de los hombres son tan distintos en su forma y dimensiones?
Su Nu: Tales variaciones en el órgano sexual son muy semejantes a las que encontramos en los rostros. Tanto si es grande como pequeño, largo o corto, duro o blando, el hombre está dotado así desde su nacimiento. A veces un hombre de pequeña estatura puede tener un órgano extraordinariamente grueso, mientras un hombre extraordinariamente alto puede tenerlo pequeñísimo. Unos son derechos, otros torcidos y algunos muestran un aspecto verdaderamente orgulloso. Pero todas estas características no tienen demasiada importancia cuando el tallo de jade se encuentra en comunión con la mujer.

Huang Ti: ¿Quiéres decir que la forma y las dimensiones no influyen en el placer de la comunicación?
Su Nu: Se trata, solamente, de apariencias externas. Mientras la verdadera belleza y el verdadero placer de la unión son sentimientos interiores. Si el hombre, ante todo, asocia en su mente el connubio con el amor y el respeto, y durante el acto experimenta este mismo sentimiento, ¿cómo puede una pequeña diferencia de forma o dimensiones influir negativamente sobre el mismo?
Huang Ti: ¿Y las diferencias entre dureza y blandura?
Su Nu: Un tallo corto y pequeño, pero duro, es preferible a uno largo y grueso, pero demasiado blando. De todas formas, es mejor blando y débil, pero amable y simpático, que duro y fuerte pero tosco y violento...[6]

¿No os parece que esta sea la mejor forma de tranquilizar a los emperadores miedosos?

Lo importante es hacerse cargo de la responsabilidad de las sensaciones, porque el cuerpo, y en él los genitales, va ligado a las funciones mentales.

— Exprésate diciendo: «Me he excitado», si el pene está en erección o bien: «Estoy impidiendo el excitarme», si la erección está ausente. De esta forma entrarás en contacto con lo que te gusta o no te gusta en ese momento.
— Entra en contacto con todo tu cuerpo, acariciándote.

— Toca la parte externa e interna de tus muslos.
— ¿Te desagrada? ¿Hallas placer? ¿Sientes miedo de fallar en tu virilidad?
— Acaríciate las caderas, la base del cuello, o cualquier otra parte del cuerpo que puedas alcanzar con comodidad.
— Tócate y acaríciate la piel con distinta intensidad.
— Descubre lugares que siempre has olvidado.
— ¿Sabes que los pezones masculinos también entran en erección?
— ¿Sabes que pueden constituir una importante área de estimulación sexual para el hombre?
— Dibuja, en este momento, el mapa de tu sensualidad; probablemente descubrirás que es mucho más extenso de lo que tú imaginabas.

Juntos

Los niños pequeños se satisfacen y divierten con cada una de sus partes, porque aún no han aprendido a sentir repugnancia por determinadas zonas del cuerpo ni por sus funciones, ni han tenido tiempo de aprender el *cómo deben* aproximarse al cuerpo de los demás.

Tomad a un niño en brazos, si no lo habéis hecho nunca, durante los calores del verano, cuando se lleva poca ropa y os convertiréis en observador y participante de sus experimentos. Comprenderéis, sobre vuestra propia piel, lo que significan erotismo y libertad.

El niño pequeño os toca por doquier, os mordisquea, os paladea, os chupa, os acaricia, se aprieta contra vosotros con toda la superficie de su cuerpecillo. Tiene una curiosidad inagotable que satisface a través del olfato, el tacto, la mirada, el gusto. Si se le dirigen palabras dulces runrunea feliz. Utiliza todos sus sentidos para conocer y hacerse reconocer, para comprender, a través de las sensaciones, lo que es bueno y vital para él. Su curiosidad es íntima y erótica.

Experimentando lo que voy a proponeros volvéis a ser niños, volvéis a no tener ningún deber. Tomadlo como sugerencias para estar unidos en una relación más íntima. Son experiencias realizadas para descubrir lo que sucede cuando ella y él están juntos y desean intercambiar el amor.

Para muchos de estos ejercicios os aconsejamos no mantener relaciones sexuales, que podrían ser la forma de rehuir y enfrentarse con ciertas emociones. Lo importante es el conocimiento recíproco y el crecimiento; por eso, la meta es la de estar unidos en amorosa compañía, conocerse, reconocerse; y no precisamente el orgasmo.

Si es fácil y rápido leer estas páginas, para hacer y experimentar estos ejercicios se precisa espacio y tiempo.

Siete días

Como veréis, he distribuido estos ejercicios y su progresión en el espacio de siete días.

Siete es un número simbólico y siete es un tiempo indicativo; también pueden ser siete semanas o siete meses. Valorad vosotros el tiempo que necesitáis, teniendo en cuenta que «siete días» es el espacio mínimo de tiempo.

Uno de los motivos de que existan personas sin

interés por el sexo, es que se trata de sujetos excesivamente preocupados por el tiempo, demasiado ocupados, demasiado ansiosos, demasiado cansados. Acaban por decidir que el hacer el amor es una cosa que ha de dejarse para más tarde, quizás para otra ocasión, colocando el amor al final de la lista no sólo de los propios deberes, sino incluso de los placeres.

Por eso es necesario tomarse el debido tiempo. Todo el tiempo que sea necesario. Si consideráis que ahora no disponéis de bastante, decidid dedicarse el uno a la otra el próximo fin de semana y después durante las vacaciones.

— Olvidad el tiempo y la meta.
— Utilizad un lugar confortable, protegido de posibles interrupciones.
— Estos son el tiempo, el lugar y el espacio para gozar de la vida.

Premisa

Estas sugerencias derivan del supuesto de que el amor es la capacidad de oscilar entre el dar y el recibir, entre el ser activo y permanecer pasivo, entre las exigencias del yo y las del tú, entre mi placer y tu placer. Es lo que al final nos hace sentir «con el otro», en una fusión que anula las diferencias. Uno de los aspectos fundamentales de la actitud amorosa es la de ser contemporáneamente activo y pasivo. Desgraciadamente, las influencias de nuestra sociedad hacen que el hombre tenga el *deber* y aprenda a ser activo, mientras la mujer tiene el *deber* de permanecer pasiva. De esta forma se acaba con las muchas dificultades que tienen las mujeres para tomar iniciativas sexuales, mientras los hombres conocen mucho menos la receptividad.

En estos ejercicios se propone que la pareja alterne, durante el mismo tiempo, el papel activo y el pasivo, intercambiando el papel del que explora y el explorado, el que da y el que recibe. No olvidéis que «quien está dando» siente muchas veces el placer de dar y «quien recibe» proporciona al otro su disponibilidad. Naturalmente, esto no significa que el hacer el amor sea una partida doble que ha de jugarse con cronómetro. Os recuerdo que esto son experiencias y que haciéndolas podéis llegar a descubrir algo nuevo.

Antes de que os aproximéis, os recuerdo que el cuerpo, cada cuerpo y cada persona, tiene su propio olor.

Por temor a resultar desagradables, algunas personas borran el olor de su cuerpo, recubriéndolo de perfumes y desodorantes, que ocultan el aroma específico personal.

Por otra parte, existen algunas personas que ignoran que emanan olores ingratos, por lo general los provocados por una falta de higiene, de sudor agrio, de dientes careados o sucios.

Recordad que de la vagina y de los orificios de cualquier tipo salen olores específicos, que sólo son desagradables si existen enfermedades, pero en sí mismos, son completamente naturales. Por otra parte, quien crea que su aliento es purísimo, ¡que tire la primera piedra!

Primer día

— Aproximáos uno al otro, sentados o tendidos, pero completamente vestidos. Los trajes no han de ser eliminados sino utilizados.
— Decidid dividiros los papeles entre explorador y explorado.

Al que explora y es activo:

— Toca a tu pareja, sin preocuparte de tu habilidad, pero intentando comunicarle al tocarla tus propias sensaciones.
— Haz lo que tus manos quieran hacer.
— Concentra las sensaciones en las yemas de tus dedos, en las palmas de las manos, en todo tu cuerpo; empléalos como sondas para descubrir al otro.

Al que es pasivo y receptivo

— Déjate tocar, explorar, masajear, concentrándote en las sensaciones inmediatas que sientes en la parte del cuerpo que es tocada.
— ¿Qué pasa si te relajas y te dejas ir, sin preocuparte por el otro/a?

Comunicáos finalmente las sensaciones que os han producido estas experiencias.

— ¿Cómo te sientes en el papel activo?
— ¿Cómo te sientes en el papel pasivo?
— ¿En qué papel te encuentras mejor?
— El que inicia, explora el cuerpo del otro describiendo sus descubrimientos en voz alta, en tono agradable respecto a todo lo que ve, nota y piensa.
— El otro no debe responder de palabra, sino con una sonrisa o con un gesto de la cabeza.
— Empezad por una parte relativamente pequeña, por ejemplo, una mano o una oreja.

Algún ejemplo indicativo:

— Toca la parte interna de la oreja de tu compañero o de tu compañera. Leve y lentamente, acaríciala con un dedo.
— Masajea la parte externa del oído con un movimiento uniforme.
— Toca suavemente la media luna de piel que se halla detrás del lóbulo.

Más tarde él/ella, podrá acariciar del mismo modo. Descubriréis que pequeñas partes del cuerpo se convierten en enormes continentes si se recorren con lentitud y con atención.

— Ahora ya podéis aproximaros desnudos.

Puede suceder que al desnudarse, os sintáis acto seguido vulnerables. Es fácil llevar sobre los hombros los papeles y los condicionamientos que se han recibido. Poner el cuerpo en estas condiciones requiere tiempo y paciencia. Estamos verdaderamente desnudos cuando nos sentimos con la piel despierta, cuando nos hacemos curiosos con la piel.

Si el estar desnudo os intimida, podéis empezar con las luces apagadas, confiando en vuestro tacto y vuestro olfato. Después podréis utilizar una lámpara de luz graduada. Cuando os sintáis a gusto, aumentad la intensidad luminosa y emplead también la vista.

Recordad: no existe un cuerpo sin imperfecciones. El adjetivo «perfecto» sólo existe en los mitos inventados por los seres humanos y, precisamente por eso, sólo corresponde a los dioses. La perfección, por lo tanto, no es humana y no existe ni un cuerpo perfecto ni perfectamente simétrico. Un seno puede estar situado más alto y el otro más bajo, un orificio nasal puede hallarse más dilatado que el otro, un testículo es siempre menor que el otro.

— Reconoced las imperfecciones de vuestra pareja y amadlas.
— Buscad las huellas de los baños de sol, contad los ángulos y las manchas rojizas, las venas, las pecas y las cicatrices. El cuerpo del compañero habla de su historia.
— No examinéis ni toquéis aún los senos ni las partes genitales.
— Lo primero que hay que hacer es tomar confianza, conocer y reconocer el cuerpo del otro.

Más tarde cada uno se preguntará:

— ¿Cuáles fueron los mensajes de mis padres y qué decían sobre el cuerpo?
— ¿Qué decían sobre el cuerpo de las personas de su mismo sexo? ¿Y respecto al de los de otro sexo?
— ¿Qué reacciones tenían ante la desnudez?
— ¿Qué otras reacciones he podido observar en el transcurso de mi vida?
— ¿Cómo percibía la relación entre mis padres? ¿Se respetaban uno a otro? ¿Gozaban el uno del otro? ¿Se evitaban? ¿Qué pasaba entre ellos?

Segundo día

Continuad las investigaciones. Tal vez descubráis que una parte de vuestro cuerpo no había sido jamás tocada o que otra, nunca tenida en consideración, le gusta mucho a vuestra pareja: un lugar especialmente dulce y piloso, el nacimiento de los cabellos. Si deseáis que alguna cosa puede modificarse, comunicadlo. Respetad vuestros recíprocos sentimientos, aprendiendo contemporáneamente lo máximo el uno del otro.

Si estos encuentros no os satisfacen, si evitáis dedicarles tiempo, si acabáis de enzarzaros en una pelea para manteneros separados, preguntáos: ¿Qué es lo que siento como una amenaza en este tipo de ejercicios?

Si en la pareja halláis un poco de resistencia,

no lo interpretéis inmediatamente como una culpa y no lo forcéis. Comportarse en forma excesivamente afanosa o demasiado insistente puede inhibir a la otra persona y cortar toda comunicación. Por eso no intentéis esforzaros sino abríos a la comprensión, uno con el otro, para poder adaptarse recíprocamente.

— Si invocáis el trabajo, los niños, la televisión u otras obligaciones como excusa, ¡atención! Probablemente significa que no deseáis encontraros en la intimidad. No es grave ser tímido, temeroso ni impaciente. Lo importante es perseverar.
— Empezad a mirar los órganos sexuales de vuestra pareja con naturalidad, sin que intentéis provocar el deseo propio ni el ajeno.

Léxico

Si el lenguaje corporal es el más significativo, porque resulta inmediato e inconsciente, también es cierto que en nuestra sociedad es la comunicación verbal la que permite expresar la totalidad de las emociones y las percepciones humanas en toda su profundidad y plenitud. El lenguaje da propiedad, voz, forma, color y sentimiento a lo que define y las palabras se hallan estrechamente ligadas a las actitudes.

Por razones históricas y culturales, parece ser que el hablar de sexo no resulte nada fácil y, en efecto, los términos sexuales poseen varios sentidos. A veces son utilizadas para dar colorido al habla cotidiana, muchas veces en forma despreciativa, y esto puede ser fuente de confusiones cuando se tiene algo específico que decir, por ejemplo, comunicar un malestar o una sensación grata. Por otra parte, términos como «órganos sexuales», «pene» o «vulva», parecen ser palabras frías y distantes. El lenguaje médico y anatómico excluye el mundo de las sensaciones.

A continuación, encontraréis listas de palabras y sinónimos que indican el sexo y sus funciones.

— Subrayad las palabras que uséis y añadid las que más os gusten.
— Si os asusta hablar de estas cosas, preguntáos cómo habéis aprendido la prohibición.
— Lo de abajo, las vergüenzas, el pudendo, órgano, vagina, chumino, coño, chocha, almeja, agujero, vulva, boca...
— Pájaro, polla, pene, verga, pito, falo, prepucio, tita, minga, sardina, sirigüela...
— Garbancito, botón, clítoris, florecita...
— Testículos, cojones, bolas, huevos...
— Menstruaciones, pintores, cosa, periodo, regla...
— Trasero, culo, ano, nalgas, lugar donde la espalda pierde su honroso nombre...

Ahora inventad, asociad, hallad analogías con el mundo de la naturaleza. Es siempre más agradable recurrir a la poesía; la vuestra.

Tercer día

Empezad a tocaros los genitales, utilizando algún lubrificante. Los aceites, las cremas o las secreciones naturales como la saliva o los humores de la vagina, hacen más agradable el tocar y el ser tocado en estas partes que, por lo general están formadas por tejido mucoso, como la parte interior de la boca, pero mucho más sensibles al tacto que la boca en sí.

A muchas personas les repugna el empleo de las cremas, porque las consideran sucias e incluso hay quien piensa que el amor por sí mismo, ya es sucio. Algunos hombres y mujeres consideran que el sudor, la lubrificación natural y el esperma son profundamente desagradables. Todo ello obedece a la incapacidad de aceptar la realidad y obtener placer del cuerpo.

Si os queda alguna duda, preguntáos: ¿Conozco a alguien que no sude jamás?

A ella

— Mira bien y de cerca el pene de tu compañero.
— Déjalo reposar en su ternura.
— Cuando eras niña, ¿qué se decía en tu ambiente de los genitales masculinos? ¿Tu actitud actual tiene algo que ver con aquellas primeras experiencias infantiles?
— Mira sus testículos y el color más oscuro de la piel que los rodea, las arrugas que les permiten dilatarse y contraerse, por el calor o por el frío.

— Mira su pene en eventual erección.
— ¿Qué te recuerda? ¿Un fruto? ¿Un animalillo? ¿Un arma?
— ¿Te resulta simpático? ¿Te da miedo?

A él

— Mira bien y de cerca los genitales de tu compañera.
— Cuando eras niño, ¿qué se decía en el ambiente donde tú has crecido de los genitales femeninos? ¿Alguna de tus actuales actitudes tiene algo que ver con tus primeras experiencias infantiles?
— Descubre el botoncito rosa de su clítoris.
— Separa delicadamente los labios externos de los labios internos.
— Abriendo con dos dedos los labios menores hallarás la entrada de la vagina, con sus pliegues internos que la hacen accesible y elástica a la intromisión. Empujando suavemente dos dedos en su interior encontrarás el cuello del útero, que señala el fondo de la vagina.
— ¿Qué te recuerda la vagina? ¿Un lugar cálido y acogedor? ¿Un antro misterioso donde puedes perderte? ¿Alguna otra cosa?

Cuarto día

Ahora que ya os conocéis mejor, podéis empezar a buscar los placeres que deseáis.

Haced todo lo posible para lograr la felicidad a través del cuerpo, sin olvidar que cada uno siente deseos distintos que dependen de su historia personal.

Ya hemos dicho al principio que la finalidad de estos ejercicios no es la de alcanzar el orgasmo. Si uno de los dos siente un deseo tan fuerte que la necesidad de «concluir» impide gozar de todas las etapas de la experiencia que se está haciendo, es mejor esperar a que pase la excitación y empezar de nuevo. Si, pese a ello, cualquiera de los dos experimenta un orgasmo, no importa, pero no os detengáis ahí. Continuad la exploración corporal para descubrir cómo responde cada uno a los distintos estímulos después del orgasmo.

Para la mayoría de las mujeres, el saltarse las etapas preliminares significa interrumpir el viaje de placer. Y el estímulo más importante continúa siendo la caricia, el beso, la titilación del clítoris. El clítoris es pequeño y su funcionamiento es, ciertamente, algo complejo, porque corresponde a la mano y a la boca. Tened cuidado: el clítoris es muy sensible al contacto con los dedos, por eso es aconsejable lubrificarlo con el humor vaginal, con saliva o con alguna crema. La presión necesaria varía notablemente de mujer a mujer. Algunas mujeres la desean muy fuerte, otras soportan solamente contactos ligeros, otras son tan sensibles que el contacto directo puede resultar doloroso... También el lugar donde debe presionar la mano, el movimiento que hay que efectuar y el ritmo, son completamente personales. El mínimo cambio de tiempo, de modalidad o de intensidad puede hacer desaparecer el placer clitorídeo.

A él

— No apliques un plano preconcebido para excitar a tu compañera.
— Tu eficacia crecerá mucho si le pides que se explique verbalmente.
— Pídele que se estimule delante de ti.

Toda mujer conoce (se conoce) la sede de sus zonas más sensibles con la mayor seguridad, la mejor forma, la rapidez y la intensidad de la técnica manual que le proporciona el punto más elevado de estímulo.

Las manos son el instrumento príncipe en la relación sexual. Son las manos las que, desde pequeños, nos enseñan a reconocer nuestro cuerpo. Y con las manos tenemos la primera posibilidad de tocar el cuerpo ajeno. En las actividades sexuales recíprocas, la mano es insuperable y si una pareja sabe excitarse y masturbar recíprocamente, llegará a hacer todo lo que desee. Esto no significa que la mutua masturbación sustituya a la unión, pero para una relación sexual completa, son las manos las que aportan los preparativos más eficaces.

Una fantasía común a muchos hombres es la de que el pene «debe» presentarse en público ya alzado y acaban por sentirse a disgusto y se avergüenzan un poco si su pene no se halla en erección. Es muy importante, en este caso, que sepan estos hombres que las mujeres no consideran el pene en reposo un objeto chocante e indeseable. Tienen que perder el pudor y desnudarse, aunque no estén en erección y pueden aprender a solicitar las caricias eróticas y excitantes. Por otra parte, es muy importante que la mujer sepa acariciar a su compañero.

A ella

— Para encontrarte en armonía con tu pareja emplea dos elementos: tu intuición y sus indicaciones.
— Acaricia delicadamente la zona del perineo, es decir, la parte que va desde los testículos al ano.
— Toca, con gran delicadeza, la parte inferior de los testículos.
— La base del pene puede ser agarrada con la mano o sujetada entre el índice y el pulgar.
— Una gama de delicadezas muy variadas pueden hacerse cubriendo y descubriendo el glande con su prepucio, obviamente, si el hombre no está circuncidado.
— Mucho cuidado en no tocar el glande con los dedos, porque, generalmente, es una zona muy sensible.
— Utiliza las dos manos; una haciéndola recorrer a lo largo del pene, como hemos descrito, con un movimiento de vaivén y con la otra acariciando ligeramente el escroto y el perineo.

ADVERTENCIA: No es tanto la técnica lo que nos hace felices, sino el sentimiento trasmitido por los gestos.

Quinto día

Profundizad hoy sobre las sensaciones que sentís en pareja cuando se adentra «más allá de los labios».

Podéis también ir a la busca del punto G, (véanse los capítulos «Más allá» y «En femenino»).

El «G spot» o punto de Grafemberg es, de acuerdo con sus descubridores, un área de 1, 2 ó 3 centímetros de diámetro dentro de la vagina, situado precisamente frente al hueso púbico. El tejido del punto G parece ser distinto y resultar al tacto como una pequeña parte más sólida que los restantes tejidos vaginales. Se hace todavía más dura cuando es estimulada y, en ese caso, resulta más fácil encontrarla.

Se ha de recordar que algunas mujeres han hallado un área general de estímulo más que un punto exacto.

— Tumbada de espaldas, los dedos del compañero han de entrar, con la palma de la mano hacia arriba, mientras se coloca la otra mano sobre el abdomen para crear al mismo tiempo —con los dedos en el interior y la mano en el exterior—, la presión necesaria para encontrar el punto G.

— Moviendo la pelvis, ella facilita la búsqueda del área en cuestión, comunicándole al mismo tiempo a él cómo y dónde prefiere la presión.
— Para el estímulo de este área con el pene, una posición favorable para muchas mujeres es la que requiere al hombre tendido y a la mujer que se sienta o se extiende sobre él. Esto permite que la mujer se mueva y se coloque en la posición o ángulo más apropiado.

ADVERTENCIA: No hay que sorprenderse si, al principio, se experimenta poco o nulo placer. Se necesita práctica para aprender esta nueva técnica.

— Si no hallas placer y, por el contrario, la búsqueda empieza a resultar algo irritante, es mejor dejarlo.
— Puede probarse de nuevo.
— Si, en cambio, empiezas a sentir placer, pídele que siga adelante.

Puesto que este área se halla cercana a la vejiga y a la uretra, frecuentemente se advierte que, bajo la presión, se siente la sensación de ganas de orinar y esto puede conducir a muchas mujeres, que no lo saben, a sentirse avergonzadas ante el temor de hacerse pipí. Orinad antes, y después podréis abandonaros con tranquilidad a sensaciones placenteras.

Una forma de aumentar las sensaciones internas es la de movilizar la musculatura pubococcígea. El ejercicio de estos músculos, que podrían definirse como «sexuales» incrementa las sensaciones y, al mismo tiempo, la excitación de los dos componentes de la pareja.

A él:

— Metiendo uno o dos dedos en la vagina no sólo puedes ayudarla señalándola cómo progresa su control sobre estos músculos, sino que tú también puedes experimentar lo que sientes mientras la vagina se relaja y se contrae sobre tus dedos.
— ¿Qué sensaciones sientes al notar estos movimientos de la vagina sobre tu pene? ¿Te gusta? ¿Te da miedo?

A ella:

— ¿Te gusta o te molesta que él sepa que tu vagina puede moverse?
— ¿Te gusta o te da miedo la sensación que procede de tu movimiento interno?

En este juego de conocimiento también el hombre tiene la posibilidad de gozar de su punto interno estrechando o relajando sus músculos sexuales que rodean el perineo y el ano, porque de esta forma estimula la próstata, que corresponde al punto G femenino.

No tengas miedo a experimentar nuevas sensaciones.

Dejáos ir y, si lo deseáis, pedidle a ella que os estimule directa y dulcemente con el dedo.

Ponerse en el lugar del otro, «meterse en su piel», es la forma más sencilla de comprender a una persona.

En este ejercicio, hecho juntos, esto es lo que se os pide: que os «metáis en la piel» del otro, de cambiaros recíprocamente los cuerpos masculino y femenino. Esto ayuda a verificar cómo el otro nos ve y nos siente y cómo se están recibiendo los mensajes.

Imaginad que os habéis despertado con el otro sexo y lo habéis advertido en el transcurso de un día normal.

A ella:

— Figúrate que eres él, que posees su pene y sus testículos.

A él:

— Imagínate que eres ella, que tienes sus senos, su clítoris y su vagina.

A los dos:

— Aproximáos y entrad en contacto, rehaciendo los ejercicios de los días anteriores.
— Actuad como os gustaría que lo hiciera vuestra pareja.
— Mientras lleváis a cabo esta experiencia observad las sensaciones que esperimentáis, compor-

tándoos de acuerdo con vuestro sexo no habitual.

— ¿Os excita y procura placer?

— ¿Sentís dificultades o miedo?

— ¿Cómo os sentís en una piel distinta a la vuestra?

— ¿Cómo os sentís respecto de la forma de actuar del otro?

— ¿Cómo os sentís si el otro se hace más emprendedor que de costumbre? ¿Os produce desazón? ¿Inseguridad?

— ¿Qué sentís si os dáis cuenta de que el otro se siente vulnerable?

ATENCIÓN: Ironizar, hacer comentarios o interpretaciones de la conducta del otro es una forma de boicotear esta experiencia.

Aceptad todo cuanto acaece como una importante comunicación que puede llevaros a una unión mayor. Comunicando abiertamente los propios miedos, es la forma de conseguir poder ayudarse recíprocamente a crecer.

Séptimo día

De ahora en adelante podréis tener relaciones completas, si lo deseáis, sin que sea necesariamente obligatorio.

— Si descubrís que os interesa *únicamente el orgasmo,* parad inmediatamente y regresad a actividades más tranquilas. Quien piensa que el orgasmo es el único objetivo de una relación sexual no logra crear el clima de comprensión indispensable para el amor.

— Unidos, respirad juntos dulcemente y relajáos.
— Notad que las fronteras que separan vuestros cuerpos se van desvaneciendo progresivamente, como si el cuerpo del compañero formase parte del vuestro.
— Dejáos fundir el uno en el otro.
— Sentid el calor de vuestras energías que pasan del uno al otro en una sola corriente, una sola presencia.
— Dejáos ir como niños en el seno materno.
— Olvidad, ahora, cuanto habéis aprendido.
— Olvidad los pensamientos.

A partir de este momento, todo y nada puede decirse.

NOTAS Y BIBLIOGRAFÍA

CAPÍTULO I

1. W. LEDERER: *Ginofobia: la paura delle donne,* Feltrinelli, Milán 1973, p. 310.
2. M. CARDINAL: *Las palabras para decirlo,* Noguer, Barcelona 1975, p. 229.
3. S. FREUD: *La vita sessuale,* Boringhieri, Turín 1970, p. 189.
4. S. FREUD: *Introducción al psicoanálisis,* Alianza, Madrid 1982.
5. L. EDELSTEIN: «The History of Anatomy in Antiquity», in *Ancient Medecine: Selected Papers of Ludwig Edelstein,* Baltimor 1967, p. 265.
6. J. HILMAN: *Il mito dell'analisi,* Adelphi, Milán 1979, p. 233.

CAPÍTULO II

1. P. SHILDER: *Immagine de sé e schema corporeo,* Angeli, Milán 1978.
2. Son excepción dos libros de reciente publicación: S. KAPLAN, *El sentido del sexo,* Grijalbo, Barcelona 1981, y otro de R. BELL y otros: *Cambia il corpo, cambia la vita,* editado por Feltrinelli, Milán 1982.
2. Ésta es una entrevista a Milton Erickson en J. HALEY, *Terapie non comuni,* Astrolabio, Roma 1976, p. 95.
4. Karen Horney fue la primera psicoanalista freudiana que puso en duda las teorías de su maestro sobre la sexualidad femenina. Sus teorías, alejadas de la ortodoxia, le costaron ser excomulgada y alejada de la sociedad del psicoanálisis. Su filosofía parte de la

base organicista que ve en la persona un proceso unitario de la influencia recíproca del medio ambiente y el organismo. No es casual que Horney, que desde Berlín se había desplazado a Nueva York, estuviera en contacto con la antropóloga Margaret Mead.

5. K. HORNEY: «La negazione della vagina», en *Psicologia femminile,* Armando Armando, Roma 1973, p. 174.
6. W. PASINI: *Il corpo in psicoterapia,* Cortina editore, Milán 1982, p. 21.
7. K. HORNEY: *op cit.,* p. 182.
8. K. HORNEY: «Sulla genesi del complesso di castrazione delle donne», *op cit.,* p. 42.
9. La distinción husserlina entre Lieb: cuerpo viviente subjetivo, y Korper: cuerpo muerto material, está sacada de Enzo PACI en *Funzione delle scienze e significato dell'uomo,* Il Saggiatore, Milán 1963.
10. N. KIMBALL: *Memorie di una maîtresse americana,* Adelphi, Milán 1975.
11. G. GREER: *L'eunuco femmina,* Bompiani, Milán 1972, p. 39.

CAPÍTULO III

1. W. PASINI: *Contraccezione e desiderio di maternità,* Feltrinelli, Milán 1975, pp. 35 y ss.
2. C. ARCIDIACONO: *Circostanze e avvenimenti concomitanti accidentali: rimozioni e razionalizzazioni nell'uso/non uso dei contraccettivi* en «Sessuologia», 1, 1983 y por comunicación verbal.
3. El concepto del papel en la vida es peculiar del análisis transaccional en Enrico BERNE: *¿Qué dice Vd. después de decir hola?* Grijalbo, Barcelona 1980 y en sus alumnos Claude M. STEINER: *Scrips People Live,* Grove press, New York 1975 y Muriel JAMES y Do-

rothy JONGENWARD: *Nati per vincere,* Ed. Paoline, Turín 1980.

CAPÍTULO IV

1. I. MAGLI: *La donna, un problema aperto,* Vallecchi, Florencia 1974. La literatura antropológica y psicoanalítica sobre la menstruación es abundantísima.
2. B. BETTELHEIM: *Heridas simbólicas,* Barral Editores, Barcelona 1974.
3. R. CERUTTI, D. DRAGO, R. SORGATO, y S. BRUNO: «La donna, la mesturazione e il ginecologo», en *Actas del VIII congreso nacional de la Sociedad italiana de medicina psicosomática,* Venecia 21-24 mayo, 1981, vol. I, p. 307.
4. *Ibid.,* p. 306.
5. *Ibid.,* p. 306.
6. B. A. G. C., GREGORY: *The Menstrual Cycle and its disorders in psychiatric patients: I. Rewiew of the Literature,* en «Journal of Psycosomatic Research», 1957, 2, pp. 61-79.
7. P. WEIDEGER: *Mestruazioni e menopausa,* Nouvi Editori, Roma p. 64.

CAPÍTULO V

1. B. EHRENREICH y D. ENGLISH: *Complaints and Disorders,* «Glass Mountain Pamphlet», 2, The Feminist Press, New York 1973.
2. Los fármacos inductores son sustancias químicas que provocan artificialmente las contracciones del parto, apresurándolo cuando éste se prolonga excesivamente; pero con excesiva frecuencia estos fármacos son empleados para conseguir que los médicos efectúen su labor en lo que podríamos llamar «horas de oficina».

3. M. DE SENARCLENS: «Práctica ginecológica y sexualidad: del dolor al placer», en ABRAHAM y PASINI, *Introduzione alla sessuologia medica,* Feltrinelli, Milán 1975, p. 256.
4. G. GREER: *op. cit.*, p. 47.
5. J. F. ARMOGATHE: *Riflessioni sul rapporto ginecologo-paziente,* en «Sessuología», 2, 1978, p. 66.
6. M. DE SENARCLENS: *op cit.*, p. 255.

CAPÍTULO VI

1. G. ZWANG: *La funzione erotica,* Astrolabio, Roma 1974, vol. II, p. 23.
2. V. MESSANA y S. RUBINO: *Note di urologia ginecologica,* ed. Libreria Clemenza, Palermo 1978.
3. Comunicación verbal.
4. H. KAPLAN: *La nueva terapia sexual,* Alianza, Madrid 1978.
5. A. KAHN LADAS, B. WHIPPLE y J. PERRY: *The G spot,* Holt, Rinehart and Winston, New York 1982.
6. V. RUGGIERI, G. BUTI y F. LARCIPRETE: «Patología ginecológica y tono muscular de la zona pélvica: ¿Un problema de dominio cerebral?», en *Actas del VIII congreso nacional de la Sociedad italiana de medicina sicosomática,* Venecia 1981, vol. I, p. 567.

CAPÍTULO VII

1. W. H. MASTERS y V. E. JOHNSON: *L'atto sessuale nell'uomo e nella donna,* Feltrinelli, Milán 1967.
2. D. S. MARSHALL: «El comportamiento sexual en la isla de Mangaya», en *Il comportamento sessuale umano,* a cargo de D. S. Marshall y R. C. Suggs, Feltrinelli, Milán 1975, p. 158.
3. *Ibid.*, p. 180.
4. M. CARDINAL: *op. cit.*, p. 229.

5. K. HORNEY: *op. cit.*. p. 55.
6. *Ibid.*, p. 180.
7. Todo el análisis de Bettelheim sobre los ritos de iniciación se halla dirigido a demostrar la envidia de los hombres por la capacidad creadora de la mujer y, en consecuencia, hacia sus genitales. Por lo tanto, no existiría sólo la freudiana «envidia del pene», sino el convencimiento de que «siempre es mejor lo del vecino».
8. S. GREEN: *L'incredibile preistoria e storia della pillola,* L'Airone, Roma 1971.
9. R. D. LAING: *El yo dividido,* F. C. E., México 1978.
10. El modelo de Laing tomado para explicar la «esquizofrenia femenina» se halla en E. L. LEONELLI y C. DORIGATTI: *Autobiografica,* Guaraldi, Florencia 1973, p. 72.

CAPÍTULO VIII

1. La palabra clítoris, en castellano y en italiano actual (no así en el s. XIX) pertenece, gramaticalmente, al género masculino, pero la autora emplea en el texto, salvo en citas, «la clitoride» por tratarse de un órgano sexual y anatómico femenino.
2. G. ZWANG: *op. cit.*, vol. I, p. 70.
3. Esta denuncia ha sido formulada por Esmond Kaise, fundador del movimiento «Terre des hommes», para ayudar a los niños que padecen. En una precedente respuesta a una denuncia hecha a la OMS en 1958 se decía que esas operaciones rituales derivaban de «concepciones sociales y culturales que no eran competencia de la Organización». «Domenica del Corriere», 23, 9 de junio de 1977.
4. Según el testimonio del antropólogo Marshall, todas las mujeres de la isla de Mangaya, en Polinesia, conocen el orgasmo y los adolescentes reciben minuciosas instrucciones sobre la forma de proporcionár-

selo. Los jóvenes isleños tienen un conocimiento de la anatomía del pene y de la vagina tal vez más detallado que el de cualquier médico europeo. En el lenguaje mangayano existen incluso palabras para indicar cada una de las partes sexuales de las que ninguna lengua occidental posee los correspondientes sinónimos. «Keo» y «Keo Keo» indican diversas formas del clítoris, lo mismo que nosotros decimos nariz «aguileña» o «chata»; «Kaka», «Nini», «Tore» y «Teo» son otras palabras para distinguir esa parte femenina según sea más o menos saliente, eréctil, retráctil, etcétera.

5. S. GREEN: *op. cit.*, p. 178.
6. Desde el punto de vista neurológico, para llegar al orgasmo es necesario integrar tres niveles de la esfera sexual: el medular, el diecéfalo-límbico y el neocortical. Únicamente cuando estos tres componentes se han integrado, existen las condiciones para reunir, en un momento dado, los componentes de esta experiencia privilegiada.
7. G. ZWANG: *op. cit.*, vol. II, p. 44.
8. *Ibid.*, p. 42.

CAPÍTULO IX

1. A. C. KINSEY: *Il comportamento sessuale della donna,* Bompiani, Milán 1955.
2. W. H. MASTERS, y V. E. JOHNSON: *L'atto sessuale nell' uomo e nella donna,* Feltrinelli, Milán 1967, p. 137.
3. A. KOEDT: «El mito del orgasmo vaginal», en *Per un movimento político di liberazione della donna,* Bertani, Verona 1972, p. 237.
4. C. LONZI: «La mujer clitorídea y la mujer vaginal», en *Scritti di rivolta femminile,* Roma 1971, p. 3.
5. G. GREER: *op. cit.*, p. 41.

6. L. Irigaray: *Este sexo que no es uno,* Saltés, Madrid 1982.
7. H. Kaplan: *op. cit.,* p. 47.
8. *Ibid.,* p. 48.
9. G. Tordjiman: *Nuove conoscenze sull'orgasmo femminile,* en «Contraccezione, fertilità, sterilità», 6, noviembre 1979, p. 591.
10. Z. Hoch: *La componente sensoriale del riflesso orgasmico della donna,* en «Sessuologia», 2, abril 1981, p. 114.
11. *Ibid.,* p. 115.
12. A. K. Ladas, B. Whipple, y J. D. Perry: *op. cit.*
13. S. Hite: *El informe Hite,* Plaza y Janés, Barcelona 1981.
14. En el sistema diencéfalo-límbico tienen su sede los más importantes centros reflejos que condicionan los circuitos orgásmicos. El neo-cortical, que es el centro del lenguaje y de la imaginación, resulta el órgano esencial de la sexualidad humana, porque facilita y bloquea nuestros impulsos. Este es el motivo por el que el placer que se experimenta en el orgasmo depende, sobre todo, del grado de sentimiento afectivo que une a las personas.

CAPÍTULO X

1. C. Medina y R. Forleo: *Implicazioni psicologiche e sessuali della isterectomia,* en «Revista di sessuologia», enero-marzo 1980, p. 23. Aquí se encuentran todos los datos y una amplísima bibliografía sobre la consecuencia sicológica de la histerectomía.
2. J. J. Bachofen: *Le madri e la virilità olimpica. Studi sulla storia segreta dell'antico mondo mediterraneo,* Bocca, Milán 1949.
3. M. Eliade: *Tratado de historia de las religiones,* Cristiandad, Madrid 1979.

4. Esta visión de la biología fue expuesta por Apolo en el *Orestes* de Esquilo.
5. Estas citas sin ninguna indicación han sido recogidas en J. HILLMAN, *op. cit.,* p. 264. Hillman hace un análisis histórico, filosófico y sicológico muy profundo sobre el útero y las teorías del cuerpo femenino.
6. PLATÓN, *Timeo,* 91 C.
7. La bibliografía sobre brujas y brujería es abundantísima; cfr. Th. SZASZ: *El mito de la enfermedad mental,* Amorrortu, Buenos Aires 1973; ID.: *La fabricación de la locura,* 2ª ed. Kairos, Barcelona 1981; E. L. LEONELLI y C. DORIGATTI: *op. cit.,* M. CRAVERI: *Sante e Streghe,* Feltrinelli, Milán 1980.
8. S. FREUD: *El malestar en la cultura,* Alianza, Madrid 1981.
9. A. A.: *La mascherata,* Savelli, Roma 1980.
10. C. MEDINA, y R. FORLEO, *op. cit.:* p. 32.
11. *Ibid.*
12. *Ibid.*

CAPÍTULO XI

1. P. LORENZONI: *Erotismo e pornografia,* Il Formichiere, Milán 1976, p. 306.
2. Los primeros estudios sobre la envidia de la maternidad fueron hechos por Geery GRODDECK: *El libro del Ello. Cartas psicoanalíticas a una amiga.* 2ª ed. Taurus, Madrid 1981, sus alumnos F. FROMM-REICHMANN y B. BETTELHEIM: *op. cit.* y A. RICH: *Nacida de mujer,* Noguer, Barcelona 1978.
3. A. RICH: *op. cit.,* p. 99.
4. J. HILMAN: *op. cit.,* p. 233
5. E. L. LEONELLI: *II sogno guidato come strumento diagnostico e terapeutico nelle terapie centrale sui problemi della sessualità,* en «Sessuologìa», año III, 3, julio-septiembre 1979, pp. 17-19.
6. A. MORAVIA: *Io e Lui,* Bompiani, Milán 1971.

CAPÍTULO XII

1. Así lo llama P. WATZLAWICZ en *Il linguaggio del cambiamento,* Feltrinelli, Milán 1980.
2. S. FREUD: *La interpretación de los sueños,* Alianza, Madrid 1981.
3. El carácter menor estructurado, estímulo-símbolo respecto a los test proyectivos como el Rorschach o el TAT, no permite una repetición más frecuente.
4. R. ASSAGIOLI: *Principi e metodi della psicosintesi terapeutica,* Astrolabio, Roma 1973.
5. R. DESOILLE: *Lecciones sobre ensueño dirigido en psicoterapia,* Amorrortu. Buenos Aires 1975.
6. S. FREUD: *ob. cit.*
7. En mis trabajos con sueños, comprendidos los «guiados» uso la técnica integradora de la terapia gestáltica. Dejo, en efecto, que sea la misma persona quien me cuente todos los detalles de su sueño. La terapia de Gestalt parte, en efecto del supuesto de que cada parte del sueño, cada uno de sus fragmentos, tanto si es persona, objeto o estado de ánimo, es una parte del «yo» de la persona, *alienada* a ella. El objetivo del analista es, entonces, hacer que se encuentren las distintas partes del «yo» del paciente, con sus otras partes, con el fin de lograr el conocimiento.
8. E. BERNE: *Hacer el amor,* Laia, Barcelona 1982.

CAPÍTULO XIV

1. «Este es el gran error de nuestro tiempo... Los médicos mantienen separada el alma del cuerpo», Platón. En China, en cambio, los médicos tenían la misión de conservar la salud y, en efecto, los mandarines pagaban al médico para conservarse sanos y dejaban de pagarlo cuando enfermaban.
2. A. NIN: *Delta de Venus.* Bruguera, Barcelona 1981.
3. El espéculo es un instrumento utilizado por los gine-

cólogos para ver el interior de la vagina. Está formado por dos picos, que se abren dilatando las paredes vaginales y permiten observar el cuello uterino.

4. Es su propio nombre anatómico de labios menores lo que induce a pensar que se es «anormal». Algunas veces, los labios menores, estirados lateralmente, tienen mayor extensión que los labios mayores. ¿No sería preferible llamarlos labios externos y labios internos? ¿O mejor, ninfas externas y ninfas internas?
5. A. NIN: *En una campana de cristal. Invierno de artificio,* Grijalbo, Barcelona 1982.

APÉNDICE

1. El análisis transacional es una teoría analítica y una práctica terapéutica fundada por Eric Berne. Además de caracterizarse por sus teorías específicas como la del «papel teatral» o la aún más conocida sobre los «juegos», sintetiza sincréticamente muchos estudios hechos sobre la persona y sus relaciones sociales. Véase E. BERNE *«Analisi Transazionale e psicoterapia».* Astrolabio, Roma 1971, como teoría fundadora, mientras algunos de estos ejercicios de análisis ya se encuentran en M. JAMES - D. JONGEWARD, *op. cit.* Algunos ejercicios para las mujeres están inspirados en A. K. RUSH, *Si fa chiaro,* Nuovi Editori, Roma 1979.
2. A. NIN: *Delta de Venus.* Bruguera, Barcelona 1981.
3. El empleo del espéculo es enseñado en algunos centros para la salud de la mujer.
4. P. BRUCKNER, y A. FINKIELKRANT: *El nuevo desorden amoroso,* 2ª ed. Anagrama, Barcelona 1981.
5. P. E. RALEY: *Making Love,* Avon Books, New York 1980, p. 89.
6. J. CHANG: *El tao del amor y del sexo,* cit. 106-107.